抬头就是贺兰山

商震 著

中国旅游出版社

责任编辑：王佳慧　胡一鸣
责任印制：冯冬青
封面设计：中文天地
插　　图：萧　竹

图书在版编目（CIP）数据

抬头就是贺兰山 / 商震著 . -- 北京 : 中国旅游出版社 , 2021.7

ISBN 978-7-5032-6728-4

Ⅰ. ①抬…　Ⅱ. ①商…　Ⅲ. ①报告文学—中国—当代 Ⅳ. ① I25

中国版本图书馆 CIP 数据核字（2021）第 111723 号

书　　名：抬头就是贺兰山

作　　者：商　震　著
出版发行：中国旅游出版社
（北京静安东里 6 号　邮编：100028）
http://www.cttp.net.cn　E-mail: cttp@mct.gov.cn
营销中心电话：010-57377108，010-57377109
读者服务部电话：010-57377151
排　　版：北京中文天地文化艺术有限公司
印　　刷：北京金吉士印刷有限责任公司
版　　次：2021 年 7 月第 1 版　2021 年 7 月第 1 次印刷
开　　本：889 毫米 × 1194 毫米　1/32
印　　张：6
字　　数：121 千
定　　价：41.8 元
I S B N　978-7-5032-6728-4

目 录

Contents

引子　十方世界

在大自然中，无论山、石、峰、树生成的景色多么奇特、壮美、秀美、幽美，如果没有人文历史的加入，也会显得单薄和索然无味。换句话说，只有人文历史加入到自然的景观中，才会使大自然的造化丰富、饱满、生机勃勃。

名山大川如此，沙漠和地下的矿藏亦是如此。

二十年前，我对贺兰山有着浓厚的兴趣，因为我喜欢读人类社会发展的历史，更喜欢读人类战争的历史。

中国版图内的大山、名山众多，但唯有贺兰山，在历史上一直是中原政权和少数民族武装拉锯争夺的地方。贺兰山是南北走向，东面地区与西面地区的地形、地貌、气候、降水截然不同。山的东面是平原，还有黄河流经，物产丰富，农牧业都很发达，商贸、市井更是繁华。山的西坡则是贫瘠的土地和沙漠，农业很少，牧业也很不理想。于是，在山的西北方向居住的各个民族就

经常到山的东面来抢夺物资。战争就这样一直发生着，两千多年不止。

十几年前，我到了银川，登上了贺兰山的一段，并没有登到山顶，在半山腰目光没有伸展出去，思想也只能是蜷缩着。那一次登山，除了看到一些草木岩石，听到一些鸟鸣虫子叫，别无收获。

参观西夏王陵时，我叹息了一番西夏王朝的覆灭后，对党项人的彻底失踪，感到疑惑。蒙古大军再怎样残暴地屠城，也绝不会把遍布各地的党项人斩尽杀绝的。查阅资料，发现各类专家对党项人的下落给出了一些猜测和不确定的答案，但我觉得不会像专家们说的那样简单。

熟读历史的好处是，知道今天发生的所有事情，在历史上都曾发生过，今天在眼前出现的各色人等，在历史上也都出现过。所以，对任何人、任何事都可以见怪不怪。今天遇到的所有难题，历史上的解决方法和答案都是现成的，不必煞费苦心地去苦思冥想，只淡然地说一句“古今多少事，都付笑谈中”罢了。

在我的阅读经历里，记录、描写贺兰山东侧的文章、资料很多，而关于贺兰山西侧的情况我读到的很少。其实，这种情况也属正常，谁都喜欢锦上添花嘛。

我在《人民文学》当编辑的时候，读到一篇自然来稿，题目叫《走进阿拉善》，作者的名字叫冰峰。这篇文章写出了阿拉善的苍凉，也写出了作为人的生命的热烈，当时就把我震撼了。这篇稿件经三审通过后，在1999年第12期《人民文学》刊发出来。文中的开篇有这样一些描写：

这是沙砾的海洋，起伏的石脉像汹涌的浊浪，时而将我们淹没，时而将我们抛向平静无际的死海，看不到过去，也望不到未来……

这是一种宁静，一种连自己也失去了的宁静。这是一种荒凉，一种灵魂被生命抛弃的荒凉。

在这里，我们找不到灵魂的出口，找不到生命的归宿和绿色的召唤。

这是一种窒息，临近死亡的窒息，它与忍耐的挑战使我们这些生活在都市里的人们感到了生命的可爱和珍贵，它修改着我们的履历，丰富着我们的人生。

哦，戈壁，地球之上一块粗糙的皮肤，你让苍凉的生命更加苍凉，你让悲壮的生命更加悲壮。

巴彦浩特到额济纳要穿行六百多公里戈壁，在长长的砂石路上，一辆小小的汽车仿佛一片孤单的树叶，在空旷的沙漠和戈壁滩上无助地飘曳，前面是路，后面也是路，只有路边的里程碑标识着我们走过的路程。

这是生命和自然的挑战，是生存环境和生存意识的挑战，是道路和车轮的挑战。

失败，就意味着死亡，意味着人生一种体验的结束。

在漫长的遥远的路上，我们被一块块闪烁的路碑鼓舞着，每一块新的路碑的出现，都使我们感到骄傲，我们的胜利和成功来源于我们的忍耐和自信。

这是我第一次读到的、让心灵激荡的、关于贺兰山西侧的文章。

这篇《走进阿拉善》的作品刊发出来两年后，作者冰峰到鲁迅文学院来学习，我才见到他，现在已经是亲密的哥们儿了。

那时，我曾对冰峰说："我一定要去阿拉善看看。"冰峰说："没问题。等我从'鲁院'毕业，你想啥时候去，我陪你去。"但是，直到今天，我去过三次阿拉善，都不是冰峰陪我去的。

我的感觉里，阿拉善可能比贺兰山更加神秘，更有探访的意义。

阿拉善有骆驼，被称作"骆驼之乡"；阿拉善有三片沙漠；阿拉善有盐湖；阿拉善有煤。

地面上的事物很容易看到，地下的事物却很难探究。

贺兰山的山上有多么丰富的动植物，山下就会埋藏多么丰富的矿藏。在物质世界里，当一些物质上升时，必定就会有一些物质下沉。上升和下沉，维持着世界的平衡。像抽象与具象、理想与现实、生命与生活，都必须保持平衡。任何一方失衡，都会导致缺陷与祸端。

我去阿拉善三次，都是去看贺兰山下的下沉物质：煤。

我是应邀到"内蒙古太西煤集团"参观及走访。

我站在贺兰山腹地的古拉本煤矿的山坡上，抬头看贺兰山，看到的是一张苍老和期期艾艾的面容，而陪同我一起参观的“内蒙古太西煤集团”董事长王以廷先生却是一脸的从容、坦诚和慈祥。

我问王以廷先生：“您登过贺兰山顶吗？”王以廷先生笑着说：“贺兰山最高峰也不是很高，才3556米，年轻时常登上去，后来，管理企业忙了一些，登上山顶的时间就少了。”

我有点儿伪抒情地想：登山和管理企业大致差不多吧，都要有坚强的意志和恒定不懈的精神。不同的是，只要山不是很高，只要有韧劲，肯咬牙，终会登到山顶；而要把企业管理得越来越好，恐怕不是只有韧劲就能完成的，还需要智慧、情怀、境界和纪律。

内蒙古太西煤集团是目前阿拉善地区改制最早、体量最大、成绩最突出的民营企业。我问王以廷先生：“您的企业已经很了不起了，您是不是登过贺兰山的顶峰，还想登昆仑山、喜马拉雅山的顶峰？”他谦逊地说：“踏踏实实地爬坡，登到多高就算多高吧。人总是要往高处走的嘛。”

听到王以廷先生如此说，我突然想到宋代的释道原在《景德传灯录》卷十中的一段文字：“师示一偈曰：‘百丈竿头不动人，虽然得入未为真；百尺竿头须进步，十方世界是全身。’”

这是佛家的语录，意为道行、造诣虽深，仍需修炼提高。这句话放到王以廷先生的身上，应该解释为：虽然取得了很大的成

就，也不能自我满足，还要不断地攀登更高的山峰。

下面我分十个章节，说说贺兰山、阿拉善、太西煤集团和王以廷先生。

第一章 山不在高

其实，每一个人都是登山者，或者说，生活的过程就是登山的过程，登山已经是人的一种生活方式，只不过，不是每个人都是登顶者。没有严酷的自我约束，没有不怕苦、不怕累，甚至不怕死的决心，没有强烈的要获得涅槃快乐的欲望，很难登上高山之巅。

所有隆起的大山，都是英雄的姿态。所有的大山，都在呼唤英雄、等待英雄、哺育英雄。

拔地而起的山，坚挺、稳重、博大、谦逊，历经风霜雨雪，丝毫不会损伤铮铮傲骨，反复被绿草春华妆扮也不会自作娇嗔。山的个性是临谤不戚、遭辱不怒、获誉不狂，任凭身边风云变幻、草木枯荣、虫鸣鸟叫，甚至虎啸狼嚎，依然从容不动，昂首天外。

山，是厚德载物的榜样。山所呼唤的英雄，也必须具备山的性情与品格。

有一个商品的广告词是："山高人为峰。"仅从广告的角度去看是可以理解的，但是如果一个人站到山顶，真的认为自己就是山的顶峰，未免太狂妄自大了。

人在大自然面前永远是矮子，何况面对大山。

有些人觉得，登上了高山就是征服了高山，这太幼稚了。如果人不用暴力去破坏山，山永远不会向人低头。其实，登山的过程，是人对自己的征服和挑战的过程，敢于攀登高山的人，是知难而进的人，是有人生理想的人。

山，在远古的神巫文化里，是连接天地的柱子（梯子）。人们登山，是为了站在另一个更高的世界俯瞰自己生活的世界。

这里，我想讲一下历史上三个重要的人物对山的看法。

首先，是孔子。孟子曰：“孔子登东山而小鲁，登泰山而小天下。”孔夫子够高大了吧，他老人家登上鲁国的东山就觉得鲁国太小了，登上泰山就认为天下太小了。所以，历朝历代的皇帝，只要登基之后就首先忙着去祭拜泰山。不祭拜泰山，安知天下！

其次，是诸葛亮。他说：“夫且为将者……当不动如山岳，难知如阴阳。”一个统领三军的将领，要像大山一样厚重、稳健、挺拔，且要有深邃的内涵。三国时，蜀汉最弱，政权也最短，要是没有诸葛亮，恐怕这个政权就不会存在。

最后，是李白。“众鸟高飞尽，孤云独去闲。相看两不厌，唯有敬亭山。”当年，李白春风得意时，天天高朋满座，酒肉笙歌。而到了晚年，落魄不堪，所有曾拍他马屁的人都离他而去，“众鸟高飞尽”了，但是，李白却像敬亭山一样淡定，“相看两不厌”。这不是寂寥，不是孤单，是孤独。寂寥是懦夫，孤单是无能，而孤独是舍我其谁的傲骨、傲气，是“一览众山小”的品格。孤独不是什么人都配拥有的。李白的孤独，1000 多年来仍无出其右者。

好了，其他人对山的看法，我就不再啰唆了。我现在要说的山，是贺兰山。我要说的人，是贺兰山下的人。

在中国所有的大山中，贺兰山并不算高大，平均海拔不到 3000 米，最高峰敖包疙瘩海拔也只有 3556 米，是宁夏和内蒙古的最高峰。但是，中国的大山，没有哪一座像贺兰山那样，从有人类在这座山的区域活动开始，就战争不断，几千年几乎没有停止过战火硝烟。所以，贺兰山被称作“兵山”“军山”。

所谓战争，表面上看是敌对双方的刀兵相见，其实质是以占有经济资源为目的的政治手段。战争是政治家实现野心的最后一个手段。

中国的山脉走向，大致可分为东西走向和南北走向。东西走向的山脉有天山、阴山、昆仑山、秦岭、南岭等。南北走向的山脉有贺兰山、横断山、武夷山、台湾山脉等。其中东西走向的秦岭是中国地理的重要分界线，秦岭淮河一线划分了我国的南北区域，或确定了南方和北方。而贺兰山同样是中国地理的重要分界线。贺兰山之东是宁夏的“塞上江南”，贺兰山之西是内蒙古阿拉善的三大沙漠。地域的差异，带来了各方面的差异，除天气、自然条件差异外，其经济、文化、习俗的差异也很大，尤其是人的性格也有较大的差异。所谓“一方水土一方人”。

贺兰山的名字来源于匈奴“贺赖”。我们的权威辞书《辞源》对贺兰山名称的解释是：“遥望如骏马，蒙古语称骏马为贺兰，故名。”据说贺兰山的整体形状很像一匹骏马，但是，“蒙古语称骏马为贺兰，故名”，这是非常大的谬误。蒙古语称马为“毛勒”，漂亮或英俊为“高依”，骏马称作“高依毛勒”。从语音上找不到“贺兰”的发音，尤其是蒙古人13世纪才开始进入贺兰山，而公元前272年甚至更早，匈奴“贺赖”等19个部落就居住在贺兰山一带了。

有史料记载：公元前272年，秦军彻底击溃了雄霸宁夏大地甚至西北大片土地的义渠戎后，一些战败的部落纷纷北逃，其中

一大部分就居住在贺兰山地区。从那时起，贺兰山就进入了一个由匈奴人占据的时期，贺兰山一度成为匈奴与秦朝抗衡的基地。不过，贺兰山地区一直是在秦国的版图之内的。但是后来，匈奴趁秦忙于统一六国的战争，乘机占据了河套地区，贺兰山就进入了匈奴的版图，直到秦始皇派遣蒙恬北逐匈奴，收复河南地（今河套地区）和贺兰山一带。秦末，由于中原的内乱，贺兰山地区再一次被匈奴占据。“贺兰”既是部落的名称，也是一个姓氏。历史上有许多著名人物姓“贺兰”，比如南北朝时期北周的贺兰祥，唐朝的河南节度使贺兰进明，宋朝著名的道士贺兰栖真等。南北朝时期，鲜卑人北魏孝文帝拓跋宏对鲜卑族进行了一系列改革，使得当时少数民族汉化程度比较高，贺兰氏逐渐改为汉人的姓氏“贺”。今天许多姓贺的人，就是贺兰氏的后裔。

也有历史学者说，突厥人曾经在贺兰山一带生活过很长时间，突厥人将骏马称为“曷拉”，用“曷拉”命名了这座山，也就是贺兰山。更有学者说，贺兰山的名称来源于曾经在贺兰山生活过的鲜卑人“贺兰氏”，这是个鲜卑语。哈哈，一座贺兰山，这么多语种可以命名，足见这座山之重要和这座山一直处在少数民族的管辖区域。

“贺兰”一词，最早见于《晋书》的《北狄匈奴传》，西晋五年到八年（284—287 年）由塞北迁入内地的匈奴人约有 13 余万，“十九（匈奴部落）中，皆有部落，不相杂错”。这十九个匈奴部落中，有一个部落叫“贺赖部”。《资治通鉴》这样解释：“兰，赖语转耳。”也就是说：贺兰是“贺赖”的音译。再后来，匈奴的贺兰部与鲜卑族的慕容部及拓跋部结成了军事部落同盟。再再后来，这个军事联盟做了什么事儿，影响了中国历史的发展进程，读者朋友们大概已经知道了。

汉朝在今天的银川地区设“廉县”，贺兰山在那时称作“卑移山”。《汉书·地理志》有如下记载：“廉县，卑移山在西北。”公元前 127 年，汉朝著名军事将领卫青、李息奉命率军北上抗击匈奴，再一次将中原汉族政权的军事力量延伸到贺兰山地区。公元前 106 年之后，汉武帝把全国分为 13 个刺史部，下辖郡县，其中在贺兰山东麓设立了北地郡，管辖廉县（今宁夏平罗县暖泉农场一带），这是汉族政权在贺兰山地区设立的第一个县级行政建制，也标志着贺兰山开始走进汉朝政权的统治范围。唐朝时，统治贺兰山一带的少数民族先后是突厥、吐蕃和回纥。646 年，唐太宗下令军队出击突厥颉利可汗下属的铁勒人薛延陀，占据河西走廊一带的回纥人乘机和唐朝军队联合进攻薛延陀，联军进驻到贺兰山一带，这是继汉朝后 700 多年，中原政权的武装力量再次进入贺兰山。

11 世纪初到 13 世纪前半叶的 200 多年时间里，发生在贺兰山的战役基本是在西夏和辽国之间进行的。

说说西夏王朝吧。

西夏，是由党项人在中国西北部建立的王朝，自称邦泥定国或大白高国。因其在西北，宋代的人称之为西夏。党项族原居四

川松潘高原，是羌族的一支。《隋书》上载“党项羌者，三苗之后也”。唐朝时，生活在青藏高原的党项羌人和吐谷浑经常联合起来对抗吐蕃。唐高宗时，吐谷浑被吐蕃所灭，失去联盟依靠的党项羌人向唐朝请求内迁依附，被唐朝安置于松州（今四川松潘）。后党项羌人逐步繁衍成数个大部落，其中盟主部落是拓跋氏。

唐开元年间，居于青海东南和甘肃南部的党项人遭到吐蕃军队进攻，向唐玄宗求救，唐朝就把党项族人迁至庆州（今甘肃庆阳市一带）。安史之乱后，当时的政治家、军事家郭子仪怕这些少数民族闹事，建议唐代宗将当时在庆州的拓跋朝光部迁至银州以北和夏州以东地区，这一地区即南北朝时匈奴人赫连勃勃的“大夏”旧地，当时称为平夏，所以这部分党项羌人就成为平夏部，即日后西夏皇族的先人。

唐僖宗时，党项部首领拓跋思恭被朝廷封为夏州节度使，因平叛黄巢起义有功，一度收复长安，被赐姓李，封“夏国公”。从此拓跋思恭更名为李思恭，此后，其李姓后代成为当地的藩镇势力。这部分党项羌人的武装也被称为“定难军”，至此正式领有银州（陕西米脂县）、夏州（陕西横山县）、绥州（陕西绥德县）、宥州（陕西靖边县）与静州（陕西米脂县西）五州之地。

五代十国时期，不管中原是何朝何人当政，李氏（拓跋氏）皆“俯首称臣”，换来对该地的统治地位和大量的赏赐。在这段时期，西夏李氏十分谨慎地处理着与后唐、后晋、后汉等的关系，后与耶律阿保机建立的辽，以及与宋朝之间，有着错综复杂的外交关系。

经过 200 多年的建设，平夏地区已经非常富饶，以鄂尔多斯南部地斤泽地区为核心的肥沃牧场、以夏宋交界的七里平为代表的农业区为西夏提供了大量的牛羊粮草，同时鄂尔多斯此时还盛产当时可当货币使用的上好青盐，因此西夏部党项势力逐步膨胀起来。宋太祖虽削夺藩镇兵权，但对西北少数民族依然宽宥，“许之世袭”。

宋天圣十年（1032 年），李德明之子李元昊继夏国公位，开始积极准备脱离宋朝。他首先弃李姓，自称嵬名氏。第二年以避父讳为名，改宋明道年号为显道年，并开始使用西夏自己的年号。在其后几年他建宫殿，立文武班，规定官民服饰，定兵制，立军名，创造自己的民族文字（西夏文），颁布秃发令。并派大军攻取吐蕃的瓜州、沙州、肃州三个战略要地。这样，李元昊已拥有夏、银、绥、宥、静、灵、会、胜、甘、凉、瓜、沙、肃数州之地，即宁夏北部、甘肃小部分、陕西北部、青海东部以及内蒙古部分地区。贺兰山当然是在西夏的管辖范围内。

党项人拓跋氏经过了长时间的卧薪尝胆、韬光养晦，终于在宋宝元元年（1038 年）10 月 11 日，李元昊称帝，建国号大夏。而李元昊自称是邦泥定国或大白高国。因其在西北，宋人称之为西夏。李元昊称帝之后，宋朝廷上下极为愤怒，双方关系正式破裂。此后数年，李元昊相继发动了三川口之战、好水川之战、麟府丰之战、定川寨之战四大战役，歼灭宋军西北精锐数万人。并

于西夏天授礼法延祚七年（1044 年），在河曲之战中击败携十万精锐御驾亲征的辽兴宗。此时，西夏总兵力约 50 万人。

有一个问题，北魏鲜卑人的拓跋氏与西夏党项人的拓跋氏是同族吗？史学界一直说法不一，但我认为应该是同族同宗的。史书上最早关于党项拓跋氏的记载是:“隋开皇四年（584 年）有千余家党项羌人归属隋朝。次年，党项首领拓跋宁丛等，各率部落到旭州，请求内附。”从北魏灭亡到出现党项拓跋姓氏仅仅 50 年。在北魏灭亡之前，存在两个民族共用一个姓氏的情况是根本不可能的。灭亡后的短短 50 年里，很快就出现了一个用拓跋作为姓氏的民族可能性也不大。所以应该是，鲜卑拓跋氏在失去政权后，与党项人合作以图再夺取政权。史书记载，党项拓跋部是最强的部落，也许这个部落根本就是鲜卑拓跋人加入党项后，以党项身份再次走上了历史的舞台。

说到这儿，我就想起岳飞的词《满江红》，词中有一句“驾长车踏破贺兰山缺”，先不说这首词是不是岳飞写的，只说这首词中的“贺兰山”是不是我们要说的这座贺兰山呢？不是！岳飞是南宋时期的将领，他的任务是抗击金国完颜阿骨打的侵犯，和党项族的西夏毫无关系。金国的大本营也不在贺兰山，甚至贺兰山根本没有金兵。那么《满江红》词中为什么会出现“贺兰山”呢？可以肯定的是，岳飞没到过宁夏与内蒙古交界的贺兰山，如何“驾长车踏破”？岳飞确实“驾长车踏破”过贺兰山，只不过此贺兰山是现今河北磁县的贺兰山。磁县贺兰山，距磁县县城西北 30

华里，今林峰村南。据史料载，宋代有一位名叫贺兰的道人在此修炼，故为贺兰山。岳飞的大军在那座贺兰山打败过金兵，并在那座贺兰山上驻扎。这就是“驾长车踏破贺兰山缺”的出处。

贺兰山地区最惨烈的战争是崛起的蒙古族人与西夏之间进行的，最后的结局是西夏王朝覆灭在蒙古人的铁骑之下。

铁木真统一漠北蒙古草原后，于1206年建立大蒙古国，成为大蒙古国的可汗，后称成吉思汗。成吉思汗是一位有政治雄心的人，也是一位有着非凡才能的军事家。成吉思汗建国后，最想消灭的是金国，但是金国与西夏是盟友，所以，他就先选择军事力量较弱的西夏下手。五次进攻西夏，四次出兵直奔贺兰山，西夏也把全国兵力五分之一的十万精锐驻守在贺兰山。1227年，成吉思汗在第五次剿灭西夏的战争中途，染病身亡。

关于成吉思汗的死，民间有许多传说，一说是中了西夏毒箭而死，因为蒙古军队大肆屠杀西夏人；还有说是被西夏王妃刺死，因为成吉思汗和曹操一样，特喜欢别人的老婆；等等。但都不可靠，染病不治而死还是符合历史真实的。成吉思汗死后，西夏末帝投降，蒙古兵进城大肆屠杀西夏人，大有斩尽杀绝的意味。蒙古大军对西夏人大肆屠杀，坊间传说是源于成吉思汗临死前的遗言：杀光所有西夏人。蒙古大军除了屠城外，还把西夏的所有历史文献烧毁。致使党项人当时有多少幸免于难，现在又在哪里，是什么民族等，都成了谜团。我国现有的记录历史的大型文献《二十四史》中，唯独没有西夏史，就是因为蒙古大军把西夏的历

史文献烧毁了，无从记起。清代的思想家、文学家龚自珍说："灭人之国，必先去其史。"

说几句闲话吧。据说清朝时期，人们在原西夏属地黑水城（今阿拉善的额济纳）发现了西夏的部分历史文献和文物，但是，又被一些欧洲人给掠走了一大批。英国人彼得·霍善利著有一部《丝绸路上的外国魔鬼》，书中详细记述了俄国人科兹洛夫等在黑水城抢掠文物和历史文献的事情。科兹洛夫本人也在自己撰写的《蒙古、安多和故城哈拉浩特》一书中供认在黑水城盗掘了一个多月，挖开了世界著名的佛塔，盗走了许多西夏时期的文物、资料等。两本书中所述的事情真实与否，只能请专家去判别了。

贺兰山见证了西夏的灭亡，也见证了蒙古铁骑的强大与凶残。

明朝建立后，国土边防线大大收缩，宁夏是明朝廷的九边重镇，贺兰山成了明朝政府在西北地区和蒙古残余势力中的瓦剌、鞑靼之间的界山，明朝政府还在贺兰山巅修建了用于防守的长城（现在宁夏和内蒙古基本是以明长城为分界）。整个明朝，也是瓦剌、鞑靼常常突破贺兰山和明朝军队征战的时期，尤其是 1449 年，明英宗朱祁镇亲自带兵征讨瓦剌，却被瓦剌人俘虏。1455 年，瓦剌首领在贺兰山北边的属地被部下杀死，利用贺兰山作为屏障来骚扰明朝长达 87 年的瓦剌部落，军事实力开始衰退；而另一支来自贺兰山西侧、北侧的鞑靼人在贺兰山地区和明朝的军队进行了长达 180 多年的较量。冲突一直持续到清朝建立。

贺兰山在民间还有一个称号，叫“鬼山”。意思是这片山区发生的战争太多了，死在这片山区的无辜生命太多了。金代的诗人邓千江在其诗中有这样一句：“招取英灵毅魄，长绕贺兰山。”大概就是指贺兰山上飘荡的鬼魂太多。

也有人说，把贺兰山称作“鬼山”，是因为山上有许多鬼画符似的岩画。其实，这些岩画是从春秋到西夏时期各个民族在贺兰山居住的印证，用今天的话说，就是“打卡”。

鬼是人造的，是社会复杂斗争的必然产物。人类或动物界，甚至植物界，互相争斗是与生俱来的天性。发生战争是常态，只有战争规模的大小之分，没有长久的“马放南山，刀枪入库”，所以，和平都是暂时的。

贺兰山是中原地区与西北地区的天然屏障，如果没有贺兰山阻挡，匈奴人会长驱直入，秦始皇统一六国后，不会有那么多的精力去做各项制度的建设，秦朝的政权也会变得更加短命。如果没有贺兰山把汉朝和西北少数民族的武装力量隔开，西汉政权的生命周期也同样会遭到重创，甚至更早衰亡。后来的唐王朝、明王朝同样借助贺兰山来保障政权的延续。

清朝统一全国后，贺兰山东、西两侧同归清政府管辖，蒙古额鲁特、和硕特等部开始在贺兰山西边阿拉善地区屯牧。清政府还在阿拉善修建了“定远营”，以保障屯牧和西域道路畅通，从此也结束了贺兰山地区长期军事对峙的局面。随着清朝疆域面积的扩大，贺兰山地区也不再有大的战事，2000 多年战火不断的贺兰

山终于显现了宁静。

和平是伟大的，只有在和平的环境里，百姓才能有信心发展工业、农业、牧业的生产。

贺兰山虽然是充满历史、政治、人文气息的一座山，但它首先是一座自然界的山。现在我模仿科学家的口吻，来描述一下自然界的贺兰山。我所参考的书籍是宁夏人民出版社出版的《内蒙古贺兰山国家自然保护区综合科学考察报告》，由刘振生先生主编。（下文有书中的摘录，也有我个人理解的表述。）

在25亿～20亿年前的古元古代，贺兰山地区是一片汪洋大海，沉积了厚逾万米的碎屑岩夹少量的火山岩。在20亿～18亿年前时，经受强烈的区域变质作用，形成了一套混合岩组成的变质岩，从而固结成为贺兰山的结晶基底，上升后成为华北地块的一部分，但还不是山。中元古代早期，也就是18亿～14亿年，贺兰山地区开始裂陷，成为一个近南北走向的裂陷槽，又称“贺兰坳拉槽”，贺兰山区也随之变成大海，为陆表性的浅海。新元古代早期，贺兰山区开始抬升为陆地，晚侏罗纪晚期的燕山运动，由于推挤作用，产生一系列近南北的褶皱冲断推覆带，使贺兰山总体上升，褶皱冲断成山，造成了贺兰山的雏形。

白垩纪燕山运动造山后期，仅在贺兰山东、西两侧山前地区的庙山湖、塔塔水、南寺一带形成了小型的内陆湖。

新生代的喜马拉雅山脉的上升运动，使贺兰山进一步急剧上升，东、西两侧的银川地堑、巴音一吉兰泰盆地分别明显下陷，终于铸成了今日的一山两盆的地势。

在历史、人文上，我们大多都在关注贺兰山东坡，东坡是银川平原，连接着中原，连接着中原的政权。而在地质上，科学家更关注西坡，西坡有内蒙古重镇阿拉善盟巴彦浩特市，蒙古语为“富饶的城”。而紧贴着贺兰山的是内蒙古的阿拉善左旗。仅以阿拉善左旗古拉本一地为例，其地下岩石有粗粒石英砂岩、中层钙质细沙岩、粉砂岩与灰黑色页岩、粉砂质页岩、炭质页岩不等厚互层，夹数层无烟煤层，是享誉中外的优质“太西煤”。古拉本还出产植物化石。

至于贺兰山丰富多样的矿产、动物、植物等，因与本文关系不大，也是本人的知识盲点，我就不再赘述了。

我们的古人说：“登高吟诗，临流作赋。”人站在高处或面对流水，更容易触发情愫，更容易释放情感。我登过三次贺兰山，两次是从银川去的，一次是从阿拉善左旗古拉本沟“内蒙古太西煤集团”的矿区登上山的。也就是两次登上东坡，一次登上西坡。

我第一次登上贺兰山，是十几年前的早春。我们一行人先是去参观了西夏王陵，在王陵走了一圈，慨叹一番西夏王朝和党项族人的历史之后，就取道登上了贺兰山其中的一段山顶。我们站在山顶时，正是黄昏。举目四望，我看到了大漠，也看到了长河，于是就努力地找王维“大漠孤烟直，长河落日圆”的感觉，遗憾的是我没找到。那时，我风华正茂，体会不到王维的“孤烟”与

"落日"，更体会不到风华正茂的王维被逐出朝廷时的心境。当然了，我也没找到"独上高楼，望尽天涯路"的意境。但是，我是个历史迷，对历史上的战争很感兴趣，所以，对贺兰山地区的战争还是有所了解的。那天我站在山上想到的是，贾岛写的一首关于贺兰山战争的诗："归骑双旌远，欢生此别中。萧关分碛路，嘶马背寒鸿。朔色晴天北，河源落日东。贺兰山顶草，时动卷帆风。"是啊，从秦、汉到唐，贺兰山地区的战争太多了、太惨烈了，致使"贺兰山顶草，时动卷帆风"。贺兰山上黄昏的风，有些凉，不是倒春寒的凉，是带有秋风的凉。天色将晚，我们都放弃了在山上继续抒情的打算，就匆匆地下山了。

一些人登到高处眺望远方，扯着嗓子喊几声"啊"，是想忘记当下，期待未来，然后去畅想、梦想、幻想，岂不知，畅想、梦想、幻想基本上是高级谎言。我不会对那些没有发生的事抱有期待。我很喜欢唐朝将军、诗人岑参的一首登高诗："强欲登高去，无人送酒来。遥怜故园菊，应傍战场开。"一位在战场上厮杀到眼红的将军，趁战事稍停的间隙，独自登到小山顶，忘记了战火，想到的是自己内心的孤寂与对家人无尽的惦念。

人啊，无论站在多么高的地方，首先要看到自己的小，要懂得慰藉自己的心灵，然后要去惦念那些日夜想念你的家人。人的所有的温暖一定是来源于自己的内心，而不是来自远方缥缈的召唤。缥缈的远方，很可能是个高级骗子。

2020 年的初春，我又来到贺兰山。这次是去参观"内蒙古太西煤集团”在贺兰山下的露天矿。我们站在半山腰一个稍平整的地方，那时的风不是很大，却把我稍长的头发吹向空中，像一团乱草。这团乱草，与彼时贺兰山西坡的枯枝衰草的景象倒也算是和谐。

我们把目光向下，矿区的工作面是黑色的，矿区四周的山体也是黑色的。我看到露天矿工人们的生产场面，车来人往，一片繁忙。

这是贺兰山的西坡古拉本敖包镇。古拉本敖包镇位于阿拉善旗境内的东部，贺兰山西坡段的腹地。东南与宁夏平罗县接壤，西与木仁高勒苏木相邻，北与宗别立苏木相连。这里过去就是煤田矿区，1986 年 2 月，经内蒙古自治区批准设镇。2021 年常住居民 2000 多人。

我把目光收回，看周边的山景。这里山体的植被、岩石与东坡有着较大的区别。植被以灌木为主，夹杂一些落叶树木；岩石多裸露于外，层积岩的纹理清晰，表现出粗粝、坚毅的样貌。站在山坡上向西北一望，就看到了浩瀚的腾格里沙漠。

陪同我们一起参观的是内蒙古太西煤集团董事长王以廷先生。王先生向我介绍了太西煤集团的一些情况，也介绍了周边的人文景观和自然遗存，如南寺和腾格里沙漠等。

我站在山坡上，山下是煤矿工人采煤的场面，身边是灌木和岩石，一些野花正在盛开，远处是腾格里沙漠，还有没看到的南寺，此时，真有了抒情的冲动。随即口占一首打油诗：“春风静静

染花冠，岭上闲云绕青天。四周虫鸣惹杂绪，不觉身处贺兰山。”我把自己的顺口溜哼了一遍，突然觉得我这首诗怎么有点像明代的玄默写过的一首《泥沟驿》呢。嘿，写格律诗的最大问题，就是难以避开古人的作品。或者，写格律诗大多是仿写与临摹，创造的成分显得有些少。所以，我写押韵体的五言、七言诗，无论符不符合格律要求，都称为“打油诗”。

从贺兰山西坡下来，汽车在盘山道上颠簸。我的思绪还困在登山这个事情上东想西想。

其实，每一个人都是登山者，或者说，生活的过程就是登山的过程，登山已经是人的一种生活方式，只不过，不是每个人都是登顶者。没有严酷的自我约束，没有不怕苦、不怕累，甚至不怕死的决心，没有强烈的要获得涅槃快乐的欲望，很难登上高山之巅。

我又想到了孔子。《孔子家语·六本》中有一段故事，颇为有趣，录在这里吧。

孔夫子游于泰山，和荣声期相会于成地（当今何地，未详）之野。荣声期披着鹿皮制的衣服，拿着没有装饰的琴，摇头晃脑，边弹边唱。孔子问道：“先生为何这般快乐呢？”荣声期回答：“我的快乐很多，最突出的有三条：天生万物，以人为最宝贵，我是人，自然高兴，此一乐也；人分男女，世俗又以为男尊女卑，我是男人，也很高兴，此二乐也；人生寿命有长短，有的人很小便夭折了，而我活了九十五岁，当然高兴，此三乐也。贫穷是读书人的本分，死亡是人生的归宿，守其本分而得其归宿，有什么忧愁的呢！”孔子称赞他道：“讲得好！你是一位能自我宽慰的人啊！”

哦，所谓圣人，除了要接受天地之灵气外，还要汲取民间的生活经验。荣声期用“为快乐而活”的生活目标，给孔夫子上了一课。

贺兰山也是要为快乐而活的（哪座山也不希望自己身上有战火）；圣人要为快乐而活；我们老百姓更应该为快乐而活。

第二章 苍天圣土

腾格里沙漠

高处没有树
低处没有草
很少有人迹往来
空中也看不到飞鸟儿

这是一片无情的大地
死寂相拥着死寂
那些哭干了眼泪的沙子
积攒了足够的绝情
随时可以对天对地对人
施行报复

2020年10月，因为应邀到阿拉善左旗去参加一个诗歌活动，我和几位诗人又一次来到阿拉善。从银川机场出来，主办方派汽车来接上我们就往阿拉善走。一路上，不时看到羊群、牛群、马群、骆驼群，在草地上悠闲地吃草。

穿过贺兰山口，汽车刚进阿拉善地界，就看到一块巨大的石头上刻着："苍天般的阿拉善。"同行的一位诗人问："为什么叫苍天般的阿拉善啊？"

是啊，为什么是苍天般的阿拉善呢？

我手边有两本书，一本是内蒙古大学出版社出版的《阿拉善简史》，由孙建军、梅花、汤俊武三人编著。另一本是远方出版社出版的《阿拉善地名与传说故事》，由斯琴别立格主编。我想借助这两本书，认真学习一下阿拉善的历史，也许能解释清楚为什么是"苍天般的阿拉善"。（下文有部分文字是摘录自两本书的内容，不再另外加注。）

"阿拉善"一词，最早记载于《蒙古秘史》。《蒙古秘史》中有这样的描述：成吉思汗率大军西征唐古特（西夏）时，西夏国"有阿剌筛营之地"。"狗儿年秋（1226年），成吉思汗率兵攻打西夏，与西夏大将阿沙敢布在阿剌筛激战。阿沙敢布战败，西夏遂亡。""阿剌筛"即"阿拉夏"的音转。"阿拉夏"就是"阿拉善"。

这是史册上第一次出现“阿剌筛”（阿拉善）。

另有《圣武记》中记载：“贺兰山厄鲁特者，俗称阿拉山蒙古也，阿拉山即贺兰山，亦名阿拉善山，是语音之转，地在河套以西。”河套之西是贺兰山阴地，当地人谓之“阿拉善”。“阿拉善”是蒙古语，意为五彩斑斓之地。

好了，我们终于明白，为什么“阿剌筛”“阿拉夏”“阿拉善”是一个地方了，都是民族语言的音译。我们还知道了为什么是“苍天般的阿拉善”，苍天不是五彩斑斓的嘛！但是，仅用五彩斑斓去理解“苍天般的阿拉善”，显然有些简单化了，苍天岂止是五彩斑斓？

在以往的认知里，似乎中国有一个史学传统，就是关注长城以内的朝代更替的历史，其实只谈朝代更替，不是考察人类历史，而是关注政治史。真正的考古学家考证的是人类最初的足迹。20世纪，我国考古学的奠基人之一李济先生在《关于中国民族及文化发展的初始的几点看法》一文中写道：“治中国古代史的学者，同研究中国现代政治的学者一样，大概都已感觉到，中国人应该多注意北方。而千余年来中国的史学家，上了秦始皇的一个大当，以为中国的文化及民族都是长城以南的事情，这是一个大大的错误，我们应该觉悟了！”“应该有一句新口号，即打倒以长城自封的中国文化观，用我们的脚，到长城以北去找中国古代资料，那里有我们更老的老家。”

现在我要述说的阿拉善地区，是草原游牧文化和中原农耕文化的碰撞交汇区，历史上有许多民族在这里留下了生活痕迹。比如：斯基泰、月氏、匈奴、鲜卑、突厥、吐蕃、回鹘、党项、蒙古族等，这些少数民族有的还建立了政权。然而，历史上中原王朝对边疆民族地区的记载很少，即使有几笔也常常是语焉不详。那些远去的民族或因没有文字、或因文字记录缺失等原因，使本来就少的文献资料变得支离破碎、不成系统。当然，我也没有能力去补遗那些缺失，只能就手头的资料，根据我的需要来有限地表述而已。

阿拉善高原起源于距今 1.3 亿年的地质时期，因地壳运动形成高原。随着地质不断变化，于 250 万年前的新生代时期大规模发育并逐步形成了以沙漠、戈壁和荒漠草原为主的地形地貌。

阿拉善地区是远古人类文明的发祥地之一，早在一万年前的旧石器时代晚期，人类的足迹已经踏上了阿拉善地区。阿拉善右旗雅布赖山洞穴彩喷手印岩画和阿拉善左旗大量细石器文化遗存的发现，证明阿拉善地区从旧石器时代就有人类活动。这些远古人类是草原狩猎文化的先驱者，也可以说是阿拉善草原文明的起源。

在新石器时代，阿拉善地区以贺兰山山脉为天然屏障，西南与甘肃陇东地区相邻，东跨黄河与鄂尔多斯高原相连，是内蒙古中南地区和陇东地区文化的交汇地带，是东西文化发展融合的一个通道。

在经历了较长的原始社会之后，阿拉善地区由石器时代步入

青铜时代。在阿拉善与宁夏贺兰山交界处发现的马首岩画、阿拉善左旗南部发现的鸟兽鹿身岩画，都具有斯基泰风格，说明早期草原文明的代表斯基泰文明曾经与阿拉善地区有密切的联系。斯基泰人是目前学术界公认的最早的游牧民族。（现在基本上是哈萨克斯坦人。）

春秋时期，阿拉善地区为雍州辖区，是秦国的属地。

秦始皇统一六国后，大将蒙恬率 30 万大军北击匈奴。匈奴溃逃，秦朝迁内地居民充实贺兰山一带边地，并在阿拉善地区东北部始设北地郡。秦朝末年，在刘邦与项羽相争之际，匈奴乘机南侵，再一次控制了河西走廊和阿拉善地区。

汉武帝时，多次发起对匈奴的战争，赶走了匈奴，阿拉善地区又回归到汉朝的辖区，行政区划分属北地、武威、张掖三郡管辖。东汉光武帝改置“张掖居延属国”。东汉献帝兴平二年（195 年），设西海郡，辖居延一县。

魏晋南北朝时期，魏国、西晋、前凉、后凉和西凉继续设西海郡，管理阿拉善地区。北魏时，阿拉善地区为凉州所辖，北魏孝明帝正光二年（521 年），居延古都属柔然婆罗门领地。

隋朝至唐代初期，阿拉善地区属甘州、肃州，也曾为突厥人的贵族所据。唐垂拱二年（686 年），唐王朝曾将“安北都护府”从漠北迁至漠南，都护府治所在同城，即今额济纳旗境内。唐玄宗天宝二年（743 年），唐王朝设宁寇军，统领居延军务。“安史之乱”时，河西走廊被吐蕃切断，居延地区成为长安通往西域的

“草原丝绸之路北道”。之后，居延地区先后为吐蕃、回鹘、契丹部所据。

宋代时，西夏建立王朝，阿拉善地区被划入西夏版图。

元朝设亦集乃路，属甘肃行中书省管辖，管理军政事务，总管府驻黑城，亦称哈拉浩特。

明朝时期，北元和瓦剌势力先后占据阿拉善地区。明洪武五年（1372 年），明军西路军五万骑出塞，兵锋直指亦集乃路，哈拉浩特守将卜颜帖木尔战败。明洪武十七年（1384 年），宋晟率兵攻下亦集乃，置亦集乃旧城，后又在肃州与亦集乃湖中间设立了威虏卫、白城子守御千户所、威远守御千户所，连接亦集乃旧城。明宣德五年（1430 年）为额济纳土尔扈特部游牧地。明中期以后为蒙古达延汗属部的游牧地。

清朝初年，为蒙古鄂尔多斯部额琳沁、固鲁岱青游牧阿拉善地区。清顺治六年（1649 年），因大札木苏叛乱，所部移牧河套地区。清康熙十五年（1676 年），卫拉特准噶尔部首领噶尔丹击败和硕特部首领鄂齐尔图汗。清康熙十六年（1677 年），固始汗（又译顾实汗）之孙和罗理率和硕特余部自新疆迁徙，途经青海大草滩，移牧至阿拉善地区。清康熙三十六年（1697 年），设旗编佐，正式设置阿拉善和硕特旗。清康熙三十七年（1698 年），迁徙游牧于伏尔加河流域的土尔扈特部阿玉奇汗族弟纳扎尔玛穆特之子阿喇布珠尔，率部赴西藏礼佛，归路被阻，请求内附，清廷赐牧党河、色尔腾地方，此举较土尔扈特部渥巴锡汗率部东归早

了73年。清雍正七年（1729年），阿喇布珠尔之子丹忠晋封多罗贝勒。清雍正九年（1731年）以后移牧额济纳河流域。清乾隆十八年（1753年），设额济纳旧土尔扈特旗。两旗上不设盟，直属清廷理藩院管辖。

阿拉善蒙古族是厄鲁特蒙古族所属的和硕特部落，为元太祖之弟哈布图·哈萨尔的后裔，原来居住在新疆乌鲁木齐一带。17世纪30年代，和硕特部首领传至十九世固始汗时，因信奉格鲁派，开辟通往西藏、青海的道路，率部族迁居青海。

清康熙二十四年（1685年），和罗理归顺清朝，上书求赐游牧之地，清廷赐贺兰山以西含阿拉善地区为其游牧之地。清康熙三十六年（1697年）封和罗理为多罗贝勒，赐印绶扎萨克（旗长），旗府设在泽勒毛道，后搬到紫泥湖。清雍正十年（1732年），迁旗府于定远营，直属清朝理藩院。

民国时期，阿拉善旗直属中央行政院藏蒙委员会。1928年，属宁夏省管辖。

阿拉善和硕特旗扎萨克郡王世袭，共九代十王。

1949年9月23日，阿拉善和平解放，成立了阿拉善和硕特旗人民政府。1950年划归宁夏省管辖。1950年10月9日，改名为宁夏省阿拉善自治区人民政府。1954年9月1日，宁夏省建制撤销，合并于甘肃省，改称甘肃省蒙古自治州。1955年3月和11月，先后更名为甘肃省蒙族自治州和甘肃省巴彦浩特蒙族自治州。1956年4月，设立阿拉善盟，下辖阿拉善旗、额济纳旗、磴口县和巴彦浩特市，盟行署驻巴彦浩特市。1958 年，巴彦淖尔盟和河套行政区合并，盟行政公署迁至磴口县巴彦高勒。阿拉善旗仍属巴彦淖尔盟，巴彦浩特撤市为镇。1961 年 4 月 22 日，国务院全体会议第 110 次会议通过《关于设立阿拉善左旗和阿拉善右旗，撤销阿拉善旗的决定》。同年 5 月 25 日，中共阿拉善旗西部地区工作委员会撤销，建立阿拉善右旗。1969 年，阿拉善左旗划归宁夏回族自治区；阿拉善右旗和额济纳旗划归甘肃省。1979 年，阿拉善左旗、阿拉善右旗、额济纳旗重新划归内蒙古自治区。1980 年，阿拉善盟成立，辖阿拉善左旗、阿拉善右旗、额济纳旗。

我之所以把阿拉善地区频繁变更区划的年月日抄写清楚，是为了强调中华人民共和国成立以来对阿拉善地区的重视。

我两次去阿拉善左旗，都住在“太西国际饭店”，饭店的对面是古城“定远营”。我们也几次去“定远营”参观、游玩。最好玩儿的是 2020 年 10 月那次，我们几个人去定远营城里闲逛，定远营城内北城墙边，有一条商业步行街，街两边是商铺和摊床。商铺和摊床出售的商品，以阿拉善玛瑙为主，也有一些各地通用的旅游商品。我们在一个卖玛瑙手镯的小摊儿前停下，集体和卖货的商户谈价，最后一位女诗人用 70 元人民币买了三个玛瑙手镯，白润、清亮的三个手镯，被她全戴在左手腕上，然后拍照，照片上的玛瑙手镯有玉的质感、翠的样貌，她把照片发到微信朋友圈，并签注了一句：“一百万买了三个手镯，不过了！”又加了一个呲牙的表情图。这是肆无忌惮的自娱、自乐、自黑、自嗨，是用夸

张的手法来反衬阿拉善玛瑙之好之便宜，同时让一则微信消息富有了趣味。

说说“定远营”吧。

说“定远营”，就要先说“草原丝绸之路”。“丝绸之路”在汉武帝即位之前，一直受匈奴的控制。汉武帝发动了几次对匈奴的战役，夺回了一些属地，又派张骞两次出使西域把“丝绸之路”贯通。但是，在很长时间里，汉朝与匈奴进行了持久的拉锯战（这种拉锯战一直进行到东汉），而阿拉善地区基本是在匈奴人的掌控之中，匈奴人也借助汉朝的“丝绸之路”和中亚、西亚、欧洲各地进行以货易货的贸易，由此形成了“草原丝绸之路”。王莽篡汉后，西域诸国与王莽的政权断绝了来往，中原与西域的“丝绸之路”中断，但是，匈奴人依然借助这条“丝绸之路”与欧亚各地进行贸易。东汉时，班超重新出使西域，再一次打通了中原与西域连接的“丝绸之路”，班超因为其军事和外交的才能，被东汉朝廷封为“定远侯”。有野史记载，班超在疏通“丝绸之路”时，曾在阿拉善左旗驻扎，他所驻扎的地方就叫“定远营”。我没找到班超在阿拉善左旗驻扎的证据，也就不多说了。

现在阿拉善左旗的“定远营”与东汉的班超没什么关系，但是“定远”二字是原模原样地移植过来的。

定远营始建于清雍正四年（1726 年），清雍正八年（1730 年）建城。阿拉善和硕特旗第二世旗王阿宝奉调征讨青海和硕特部罗卜藏丹津叛乱，随后又把部族迁徙到青海，广袤的阿拉善地区变为无人管理的地方，有些地方已经是无人区。为了这一地区及西部边疆的稳定，陕甘总督岳钟琪奏请清廷，在贺兰山西十里处建“定远营”城，驻军镇守。清廷认为“阿拉善辖地贺兰山之北，乃朔方之保障，沙漠之咽喉，圣心轸念山后一带，切近宁城”。为此，大清王朝先命工部侍郎通智细行踏看，勘察考证，再命通智与陕甘总督岳钟琪调研考察，详议具奏《建城方案报告》，呈报雍正皇帝。

岳钟琪在《建城方案报告》中奏曰:“贺兰山后，葡萄泉一带水甘土肥，引导诸泉，亦可耕种。兼之，山险挺生松柏，滩中多产红盐，且扼瀚海往来之捷路。控北塞七十二处之隘口，在此修建一城名曰‘定远营’，可西接平羌，遥通哈密、巴里坤等处，东接威城，远连‘三受降城’，两狼山之要地。借以保障边远与内地联络畅通，安定和睦。”

清朝政府准奏，降旨委任工部侍郎通智，偕光禄卿臣史俞福共同督理，开拓造城工务。1730 年建成后，成为清朝西北边疆的军事名城之一。定远营的建成，为清政府在贺兰山麓置守兴屯，控扼西北往来道路起着不可替代的作用。据说雍正皇帝亲自题写“定远营”三个字作为城门上的匾额。

清雍正九年（1731 年），阿宝王爷从青海返回阿拉善后，清朝政府恢复其郡王爵位，并将定远营赏赐给阿宝王爷。阿宝进驻定远营后，开始大规模兴（扩）建定远营，雍正皇帝又赏赐给阿宝十万两银子，阿宝就仿照紫禁城的外貌和内部格局修缮王府，

又经过了几代人的修扩建，定远营城融合了中西文化的精髓，成为矗立在西北边陲的一座壮丽的建筑群落。

定远营城依地势起伏而建，墙体高严，上可跑马，垛口如锯，威武耸立，庙塔楼阁，错落有致。城里城外大到王府、小到民居，规模不同，但结构相似，是典型的四合院建筑，因此，定远营有“塞外小北京”的美誉。另据《宁夏纪要》记载，定远营“擅园林之胜，四周白墙皑然，故又有‘沙漠中的白宫’之称”。（此“白宫”非美国的“白宫”。定远营建成时，美国这个国家还不存在。）

岳钟琪在建成定远营后，写了一篇《定远营记》。全文刻在石碑上，立在南门城楼上。文中将定远营的位置、形胜、目的、意义，描述得简明清晰、内蕴饱满。

岳钟琪是岳飞的21世嫡孙、岳飞三子岳霖系后裔。虽说是武将却也是满腹经纶、颇具文才。他一生对大清朝忠心耿耿，在疆场上驰骋，多次平叛边地少数民族叛乱，战功赫赫，身居太子太保、兵马大将军，握有兵权。战功太多、权势太大，皇帝就不舒服了。后来，雍正皇帝借故把他拘禁了，几乎要杀掉他。到了清乾隆二年（1737年），被贬为庶人才放出来。他回到四川老家，修佛，读《楞严经》，曾写过一首诗，把他的心态活脱脱地表露出来。诗名《夜宿龙尾寺》，诗文如下：“清漏迟迟月转廊，声喧梵呗宝凝香。只缘未断凡尘梦，犹作封侯梦一场。”后来，因为边疆各民族反清的武装斗争频发，乾隆皇帝还是把他召回来挂帅出征。68岁时，病死在征讨叛军的途中。

不说岳钟琪了，接着说定远营。

定远营建成后，成为阿拉善和硕特旗的政治、经济、宗教、文化的中心，也经历了五次战乱，但是，五次战乱都被很快平息，可见定远营的作用之大。

2006 年，定远营被国务院确定为全国第六批国家重点文物保护单位。

阿拉善的经济虽然在全国算不上发展得很好，但是，物产还是很独特的。除畜牧业外，其出产的中草药是其他地域无法取代的。阿拉善的野生植物以旱生、超旱生、盐生和沙生的荒漠植物为主，现有野生植物 900 余种。其中，被列入《内蒙古珍稀濒危保护植物名录》的有 45 种。一级保护植物有梭梭、胡杨、肉苁蓉、四合木、绵刺、沙冬青 6 种；二级保护植物有斑子麻黄、裸果木、蒙古扁桃、大叶细裂槭、甘草、文冠果、贺兰山丁香、脓疮草、百花蒿 9 种；三级保护植物有沙木蓼、阿拉善沙拐枣、荒漠黄蓍、贺兰山棘豆等 30 种。阿拉善盟天然乔木林有 110 万亩，其中贺兰山西坡有以青海云杉为主的天然次生林 58 万亩，额济纳居延绿洲胡杨林 44 万亩。天然灌木主要有白刺、梭梭、绵刺、柽柳、沙冬青、霸王等，面积 2980 万亩。野生药材的种类和蕴藏量都比较丰富，生长有肉苁蓉、甘草、锁阳、苦豆子、麻黄、山沉香、黑果枸杞、罗布麻等多种名贵药材。

上述这些阿拉善的土特产是我查资料得来的。这些植物有些我见过，大多数都没见过。至于它们的药用功能，就留给专业人

士去解释吧。

不过，阿拉善的腾格里沙漠我是去过两次的。腾格里沙漠行政区划主要属阿拉善左旗，西部和东南边缘分别属于甘肃民勤、武威和宁夏的中卫市。我是从阿拉善左旗去的腾格里沙漠，第一次进入沙漠大约六公里，据说已经接近沙漠腹地。那天太阳很大，风也很大。我们站在沙丘上，无遮无挡，任凭太阳、风和沙子在我们身上肆虐。我仔细看着这片无边无际的沙漠，风在沙漠里走过，在沙面上留下了水样的波纹，是不是这些沙子在想念大海？我想起 20 世纪 90 年代末期北京的几场沙尘暴，那种场面真是无法用文字去形容，无法用文字来表述。后来听说，那些沙子是从阿拉善的腾格里沙漠吹过去的。现在，我就站在腾格里沙漠，心里默默地对沙子们说：近些年你们没到北京去，我来看看你们。

从腾格里沙漠回宾馆的路上，我就写了一首诗：

腾格里沙漠

高处没有树
低处没有草
很少有人迹往来
空中也看不到飞鸟儿

这是一片无情的大地

死寂相拥着死寂
那些哭干了眼泪的沙子
积攒了足够的绝情
随时可以对天对地对人
施行报复

因为应邀参加《诗探索》在阿拉善左旗举办的“华文青年诗人奖”的颁奖活动，我有机会第二次走进腾格里沙漠，这次是被安排专门到沙漠“英雄会”的场地去参观。因为疫情的原因，整个场区有一种落寞的萧条。我们在场区周边转了两个多小时，既没有车手表演翻越沙丘赛车，也没看见几个游人。正是因为没有游人，我们这些诗人就在沙漠上撒欢儿地玩耍了一阵子。有两个南方的年轻诗人还用矿泉水瓶装了沙漠里的沙子，说要带回南方，给家人看看腾格里的沙子。

这次诗歌活动，诗人们还参观了太西煤集团在贺兰山古拉本的矿区和南寺。关于太西煤集团，我还要在后面专章详说，现在就说说南寺。南寺的大名叫广宗寺，地处贺兰山西麓，因在巴彦浩特以南，俗称“南寺”。南寺始建于清乾隆二十二年（1757 年），是由班自尔扎布台吉之子阿旺多尔济遵照师父六世达赖喇嘛仓央嘉措遗愿所建。

1966 年，南寺被拆毁，现在的南寺，是 1981 年重新修建的。

蒙古族与藏传佛教的渊源是从 13 世纪开始的。1576 年，土

默特部的俺答汗为了巩固政治地位，采纳其侄彻辰洪台吉的建议，接受了西藏藏传佛教。1578 年，俺答汗会见西藏最高喇嘛索南嘉措，并授予其达赖喇嘛称号，即历史上的第三世达赖喇嘛。三世达赖喇嘛索南嘉措圆寂后，1586 年，由俺答汗的曾孙云丹嘉措成为西藏最高喇嘛，就是第四世达赖喇嘛。

藏传佛教传入卫特部是在 1616 年，在四卫拉特的盟主拜巴噶斯的倡议下，全联盟信奉藏传佛教，而且各大部落的领主献出自己的儿子当陀音（意为贵族喇嘛）。当时，拜巴噶斯没有儿子，就将和硕特部巴巴罕的第五子认作义子，义子 17 岁时被送去当了喇嘛，后去西藏学习，由满珠习礼诺门汗赐纳木哈加木错之名。在他 40 岁时，奉五世达赖和四世班禅之命，回到卫特拉弘扬佛法，巩固了格鲁派在卫特拉的宗教地位。此人便是载入蒙古历史史册的著名藏传佛教活动家咱雅班智达。他在传播弘扬佛法的同时，在回鹘蒙文的基础上创建了托忒蒙文。

从 1640 年的《蒙古—卫特拉法典》中可以看到，藏传佛教已经被视为蒙古国教，萨满教则被限制。1696 年，和罗理正式归顺清朝政府后，清政府为了征服和硕特蒙古部，在蒙古地区崇尚格鲁派、兴建寺庙，并实施各种优惠政策吸引大批蒙古男人去做喇嘛，使得和硕特蒙古部逐渐削弱战斗力，蒙古人口逐年减少。清政府在和硕特部实施宗教政策的真正意图是蒙蔽和削弱蒙古部的思想意志。清政府当时的政策是：与其在蒙古地区养十万兵，不如建一座寺庙。于是，在阿拉善和硕特旗大力兴建寺庙，扩大喇嘛人数，册封呼图克图、呼毕勒干等来达到统治目的。自阿拉善和硕特建旗一直到中华人民共和国成立之初的260余年中，共修建了大寺庙39座，其中知名的有八大寺庙，这八大寺庙均有满、汉、蒙、藏四种文字的御赐匾额。另有记载，清朝同治年间，阿拉善的喇嘛人数达到6370名，这一时期是格鲁派在阿拉善地区最昌盛的时期。

阿拉善广宗寺（南寺）活佛达格布呼图克图，自六世达赖喇嘛（仓央嘉措）之后承袭了六位转世活佛。第一转世为温都尔葛根，是阿拉善旗辅国公贡其格之子，法名罗布桑图布丹嘉措。清乾隆二十九年（1764年），温都尔葛根18岁时被封为呼图克图。与六世达赖喇嘛仓央嘉措的历代转世并列为南寺寺主的喇嘛坦，是第思·桑结嘉措的转世，共同承袭了六位转世。阿拉善旗南寺活佛达格布呼图克图和北寺活佛道布赞呼图格图，是在阿拉善旗弘扬格鲁派的奠基人。

宗教归根结底是为封建王朝的政治所服务的，政教互相扶持，始终结合在一起。阿拉善和硕特旗制定的法律法规与宗教的规章制度是相融合的。

说说仓央嘉措。六世达赖仓央嘉措生于清康熙二十二年（1683年），1697年，仓央嘉措14岁时剃度入主布达拉宫为格鲁派领袖，十年后因为西藏政教争斗，被清廷废黜，解送北上，途经青海（今纳木错湖）时，从护送他的人的视线里消失。一种说法是1706年冬天，年仅24岁的仓央嘉措突然“死亡”；另一种说

法是，仓央嘉措午夜独自遁去，不知所踪。有民间传说，仓央嘉措只身逃走后，化名为阿旺曲扎嘉措，游历了印度以及我国的西藏、四川等地十年后，于 1716 年来到阿拉善，被阿拉善当地人奉为上师。从此，仓央嘉措在阿拉善生活，先后担当了十三座寺庙的住持，讲经说法，广结善缘，创下无穷的精妙业绩。1746 年，64 岁的仓央嘉措在南寺（广宗寺）尚未建成时染病，圆寂于此。他的事迹为广大阿拉善人民传诵，当地人们为他修建了灵塔，供奉了他的遗物。现在的南寺有很多仓央嘉措的遗存和故事，据说还有舍利子。

仓央嘉措在佛教领域里有什么建树，我不太知道，但是，我从他的诗里看到了他是个多情善感的人。他留下的很多优美的诗歌，尤其是情诗，是藏族文学宝库中难得的瑰宝。不过，现存的仓央嘉措的诗歌中有很多是假托仓央嘉措之名的伪作，甚至是几代人假托仓央嘉措的名字在创作。他的诗句中我最喜欢的一句是：“一个人需要隐藏多少秘密，才能巧妙地度过一生。”

阿拉善地面上的历史遗存众多，现代人发掘的旅游园区也很多。其实，很多年以来，历史遗存都已经划归为旅游项目了。

地上的事，先说到这儿，咱们聊聊阿拉善地下的事儿。

阿拉善的地下，矿藏资源十分丰富。已查明的矿产 86 种，查明资源储量的矿产 47 种，已开发利用的矿产 37 种，矿产地 130 处，包括大型矿床 14 处、中型矿床 32 处、小型矿床 84 处。其中，无烟煤、钛、铋、锑、冶金用白云岩、冶镁用白云岩、冰洲石、晶质石墨、玛瑙、高岭土、陶瓷土储量位列内蒙古自治区首位，钒、芒硝、制碱用灰岩储量位列内蒙古自治区第二位，钴、铌、普通萤石、砷、磷、石膏储量位列内蒙古自治区第三位。全盟优势矿产是无烟煤、盐矿、金矿、萤石、晶质石墨、冶镁用白云岩、饰面用花岗岩、高岭土、陶瓷土、石油、天然气等。目前，阿拉善盟煤炭资源较为耀眼，煤种齐全，以太西无烟煤和焦煤等优质煤炭为主，主要分布于阿拉善左旗贺兰山古拉本、黑山以及阿拉善右旗长山地区，已探明的煤资源储量 43 亿吨。

下一章，我们聊聊煤这个话题吧。

第三章 乌黑的太阳石

太阳和煤，都是善意的精灵，它们已经满足了人类的许多愿望。

太阳是温暖的，煤是温暖的，人活着不就是要不断地寻找温暖嘛！

面对太阳，或经过亿万年才形成的煤，我觉得是没有资格抒情的，更不敢浪漫。我愿意接受煤对我的教育：要么沉默，要么燃烧。沉默并不是为了燃烧，而燃烧一定是经历了长久的沉默。

当人类发现并开始使用火的数十万年之后，古人发明了许多取火的方法。但是，当人们发现并开始使用煤之后，人类的文明才走上了快车道。陶器、金属、建筑材料等迅速登场，烘焙、沸腾、熔化、冶炼、锻造等在人类文明的进程中奏响了交响曲。

煤，给社会发展注入了强大的动力，让人们逐步摆脱对木材的依赖。

我看到民间有个传说，最早使用煤的人是道教鼻祖老子。老子为了让炼丹的炉火更旺，便在贺兰山下采了乌金石（煤），并用这种黑色的石头做燃料炼丹。（如果我要来编撰这个传说故事，我一定会说太上老君在九天之上的八卦炉就是用煤来炼丹，并炼出了孙悟空的火眼金睛。）这个传说看着好像有点玄乎，因为老子是否真的炼过丹药，都无法确定。但是，如果老子真的炼过丹药，用煤做燃料其实是有可能的。老子是春秋战国时期的人，春秋战国到现在还不到 3000 年。而在 1977 年发掘的辽宁省新乐古文化遗址中，发现了为数不少的精煤制的工艺品，这是世界上最早的用煤的确凿证据，新乐遗址距今已有 7200 多年的历史。这也是我国早在 7000 多年前就已发现并开始利用煤炭的历史见证。古籍《山海经》里有如下文字：“女床之山其阴多石涅。”“石涅”即煤。

可见煤作为一种矿物质，可能在战国之前，就已被我国古代的劳动人民所发现和利用了。

河南巩义市也发现有西汉时用煤饼炼铁的遗址。据考古学家考察发现，在我国汉代的冶铁遗址里，有冶炼时使用的各种燃料，其中就有煤饼。《汉书·地理学》中记载："豫章郡出石，可燃为薪。"汉武帝曾命军队将士在咸阳的西北方，挖一个大型的人工湖，用来操练水军，土坑挖到很深时，挖出了黑色焦土。汉武帝问东方朔：这黑土是什么东西？东方朔说：我也不认识。后来，有个西域来的术士说那是"天地劫灰"。其实，就是挖出了煤。

中国是世界上最早发现并利用煤的国家之一。

比中国更早发现、使用煤并命名的国家是古希腊和古罗马。希腊学者泰奥弗拉斯托斯在公元前约 300 年著有《石史》，其中记载了煤的性质和产地；古罗马大约在 2000 年前已开始用煤加热。3 世纪后，罗马人侵占了英国，他们在英国发现了煤，但是基本上是用来制作妇女身上的饰品，被称作"英国煤玉""英国宝石"，后来发现煤易燃，于是又用来做燃料。5 世纪时，罗马人撤出英国后，英国人开始抵制使用煤，认为煤冒出的黑烟是毒气。

在我国最早命名"煤"的时间应该在元代。

史料一："大同有达官，得旨赐一山为猎所，山产煤炭，彼因欲锢其利，夺民窑洞，参政反覆陈说，卒归之民。"文中参政姓耿，曾任大同县尹，逝于元至元三十一年（1294 年）。大同是山西乃至全国重要的煤炭基地，素以分布广、埋藏浅著称。这是目前为止所能搜集到的元代山西大同地区的涉及“煤炭”一词的最早文献，所述时间在 1280 年前后，此时元世祖刚刚完成全国统一。

史料二：河南地区的煤炭开采历史也很悠久。元代文集中涉及的地区有郑州、安阳、渑池等地。但是出现“煤炭”的文章只提到郑州的密县、荥阳：“公名廷佐，字君卿，至元二十四年，岁在丁亥之正月，来守是郡公兴利之心，无时少置，询知民间日用柴薪价重，荥阳南天里，密县王寨村有古炭穴蹀迹，废弃既久，虽土人亦莫知其可以供。公建议召募人众，二处凿井，起立窑座，岁余之间，厥功乃成。阖郡之人民皆用焉。比之柴价，省减数倍，实为百世之利。公议凿井之初，以炭至汴梁，陆路才省两舍，车运登舟，贩于汴城。鬻者获利，浚汴之举，自此始焉。既而允议于上官，亲董其役，梗舟之树，伐去万余，平其两岸，深其中流，二旬而毕。今也船筏通行，煤炭源源连樯达汴，果践前谋，民赖其利。”

以上都是元代留下的史料。有一种说法，最早使用“煤”这个名词的人是李时珍，但上面的两则史料比李时珍在《本草纲目》上使用“煤”这个名词早了很多。

千百万年来，植物的枝叶和根茎，在地面上堆积而成的一层层极厚的黑色的腐殖质，由于地壳的变动不断地被埋入地下，长期与空气隔绝，并在高温高压下，经过一系列复杂的物理化学变化，形成黑色可燃性沉积岩，这就是煤炭的形成过程。也就是说，

我们今天使用的煤，是亿万年前的植物或动物。

在整个地质年代中，全球范围内有三个大的成煤期：

古生代的石炭纪和二叠纪，成煤植物主要是孢子植物。主要煤种为烟煤和无烟煤。

中生代的侏罗纪和白垩纪，成煤植物主要是裸子植物。主要煤种为褐煤和烟煤。

新生代的第三纪，成煤植物主要是被子植物。主要煤种为褐煤，其次为泥炭，也有部分年轻烟煤。

在地表常温、常压下，由于氧气不能渗入地下分解那些植物，堆积在停滞水体中的植物遗体经泥炭化作用或腐泥化作用，转变成泥炭或腐泥；泥炭或腐泥被埋藏后，由于盆地基底下降而沉至地下深部，经成岩作用而转变成褐煤；当温度和压力逐渐增高，再经变质作用转变成烟煤至无烟煤。泥炭化作用是指高等植物遗体在沼泽中堆积经过生物化学变化转变成泥炭的过程。腐泥化作用是指低等生物遗体在沼泽中经生物化学变化转变成腐泥的过程。腐泥是一种富含水和沥青质的淤泥状物质。冰川过程可能有助于植物遗体汇集和保存，进而成煤。

煤炭是这样形成的吗？有些论述是否应当进一步加以研究和探讨？我是科技盲，对于煤除了照本宣科，不敢妄说半句。但是随着科技的进步，我相信会有更具说服力的解释。一座大的煤矿，是煤层很厚、煤质很优的地方，但一般来说它的面积不会很大。如果是千百万年植物的枝叶和根茎自然堆积而成的，它的面积应当是很大的才对。因为在远古时期地球上到处都是森林和草原，因此，地下也应当到处有煤炭的痕迹；煤层也不一定很厚，因为植物的枝叶、根茎腐烂变成腐殖质，又会被植物吸收，如此反复，最终被埋入地下时也不会那么集中，土层与煤层的界限也不会划分得那么清楚。现实的煤炭分布情况，还是给科学探究留下了很多待解的谜团。

但是，煤炭千真万确是植物的残骸经过一系列的演变形成的，这是颠扑不破的真理，只要仔细观察一下煤块，就可以看到有植物的叶和根茎的痕迹；如果把煤切成薄片放到显微镜下观察，就能发现非常清楚的植物组织和构造，而且有时在煤层里还保存着像树干一类的东西，有的煤层里还包裹着完整的昆虫化石。

想象一下，大片的森林和森林中的动物在地质变迁时，被深埋在地下。天翻地覆，一切重新开始，既震撼又恐怖。我们今天使用的煤及石油等地下的矿物质，都是经历过这样一场或几场的天地翻覆才形成的。

一座煤矿的煤层厚薄与这一地区的地壳下降速度及植物遗骸堆积的多少有关。地壳下降的速度快，植物遗骸堆积得厚，这座煤矿的煤层就厚，反之，地壳下降的速度缓慢，植物遗骸堆积得薄，这座煤矿的煤层就薄。又由于地壳的构造运动使原来水平的煤层出现褶皱和断裂，有一些煤层埋到地下更深的地方，有的又被排挤到地表，甚至露出地面，比较容易被人们发现。还有一些煤层相对比较薄，而且面积也不大，所以没有开采价值。有关煤

炭形成的一些疑惑，至今尚未找到更新的说法。

随着时代的进步、科技的发展，煤炭的重要位置已有被石油所替代的趋势，但在相当长的一段时间内，石油资源的日渐枯竭，导致石油必然逐渐走向衰落，而煤炭因储量巨大，加之科学技术的飞速发展，煤炭气化等新技术日趋成熟，必将得到广泛应用。

煤炭是世界上分布最广泛的化石能源，主要分为烟煤、无烟煤、次烟煤和褐煤四类。世界煤炭可采储量的 60% 集中在美国（25%）、俄罗斯（23%）和中国（12%），此外，澳大利亚、印度、德国和南非四个国家共占 29%，上述七国的煤炭产量占世界总产量的 80%，已探明的煤炭储量在石油储量的 63 倍以上，世界上煤炭储量丰富的国家同时也是煤炭的主要生产国。

中国幅员辽阔、物产丰富，煤炭与其他物产一样都是中国赖以生息繁衍、发展壮大、立足世界民族之林的重要物质基础。在已发现的 142 种矿物中，煤炭占有特别重要的位量，储量丰富，分布广泛。我国煤田面积约 55 万平方公里，居世界前列。

中国煤炭资源丰富，除上海以外其他各省份均有分布，但分布极不均衡。在中国北方的大兴安岭至太行山、贺兰山之间的地区，地理范围包括煤炭资源量大于 1000 亿吨以上的内蒙古、山西、陕西、宁夏、甘肃、河南六省区的全部或大部，是中国煤炭资源集中分布的地区，其资源量占全国煤炭资源量的 50% 左右，占中国北方地区煤炭资源量的 55% 以上。

中国聚煤期的地质时代由老到新主要是：早古生代的早寒武世；晚古生代的早石炭世、晚石炭世；早二叠世、晚二叠世；中生代的晚三叠世；早侏罗世、中侏罗世、晚侏罗世，早白垩纪和新生代的第三纪。其中，以晚石炭世，早二叠世、晚二叠世，早侏罗世、中侏罗世和晚侏罗世，早白垩纪四个聚煤期的聚煤作用最强。中国含煤地层遍布全国，包括元古生界、早古生界、晚古生界、中生界和新生界，各省份都有大小不一、经济价值不等的煤田。

相传，1272 年，旅行家马可·波罗穿越我国西北地区时，发现贺兰山北部有一种黑色的“会燃烧的石头”。马可·波罗所说的这种“会燃烧的石头”就是贺兰山的煤。

贺兰山地区煤炭蕴藏量大，内蒙古和宁夏均建有许多大、中型煤矿，所产的太西煤以煤质优良、燃烧无烟而远销海外。“太西煤”以其“低灰、低硫、低磷”和“高发热量、高比电阻、高机械强度、高精煤回收率、高块煤回收率、高化学活性”的“三低六高”特性被誉为世界“煤中之王”。

关于“太西煤”的由来，有这样一个故事。20 世纪 50 年代末，越南战争爆发，由于美国对越南的轰炸，越南好多煤矿都遭到破坏，对外出口的煤炭合同无法履约完成。为了履行合同，越南政府向中国求助。煤炭部在全国范围内寻找与越南鸿基煤特性相近的煤种，最后发现在宁夏与内蒙古交界地带的贺兰山地区生产的无烟煤，可以与越南鸿基煤媲美。中国发扬国际主义精神，

用贺兰山古拉本地区的无烟煤解了越南的燃眉之急。当年，有国际友人问国务院总理周恩来:“此煤产于何地？”出于战略考虑，周恩来总理答道:“这个产煤的地方在太原以西，就叫‘太西煤’吧。”

其实，贺兰山地区的煤，是侏罗纪时代生成的优质无烟煤，清朝时期已经在开采了。

古拉本位于阿拉善左旗巴彦浩特镇东北 40 公里，宗别立镇南部，贺兰山中一条东西走向的山谷中，原是古拉本敖包镇驻地。2006 年 6 月，撤镇后并入宗别立镇。宗别立是蒙古语，意为（贺兰山）东坡。古拉本敖包为蒙古语，意为三个敖包。古拉本与宁夏交界，是贺兰山地区“太西煤”存储量最多的地段，境内原煤储量约 10 亿吨。

位于古拉本的太西煤矿我去参观过，后面我还要详说古拉本煤矿及太西煤集团。

我曾在被称作“煤都”的抚顺生活、工作十几年，对煤矿并不陌生。我永远记得第一次看到抚顺西露天矿时所受到的震撼。郭沫若和郭小川都写过赞颂抚顺“煤都”的诗歌。我至今都能背诵郭小川《两都颂》中《煤都的夜色》的几句:“煤都之夜啊，安详而不平静。煤都的夜色呢，黑里透红。”

20 世纪七八十年代以前，谁在抚顺的煤矿工作，基本被当作抚顺的一等公民，收入高，各种待遇都好。但是，因为是老矿区（抚顺的煤矿在 20 世纪 30 年代初，日本占领东北时被大量开采），加上后来的过度开采，终于资源枯竭，在20世纪90年代中后期，抚顺的四大煤矿相继关停并转，煤矿企业工人纷纷下岗，在社会上闹出不少事端。我的家里至今还有一块抚顺煤矿出产的煤精雕刻工艺品，每当看到这块煤精雕刻时，就会想起已经成为废墟的抚顺煤矿，内心总是凉凉的。

2015年，我曾率一队诗人到唐山开滦煤矿参观学习，在地面看完展览后，我们换上矿工服、戴上矿工帽，坐着罐车深入井下巷道。在四周是煤的巷道里，我想的是：这些煤，在没有燃烧的时候，始终保持着黑色的沉默。我们虽然没看到矿工采煤的工作场面，但是，在地下几十米深的巷道里走一圈，记忆也是十分深刻的。

看到地下深处的煤，我的大脑里闪现出历史上许多挖煤劳工的画面，联想到的不是富裕，而是贫穷。

现在的城市生活中，很少有人会想起煤，甚至根本不知道煤是怎么被开采、怎么被使用的，更不会懂得这样一句话：因为有了煤的开采和使用，才使得原本寒冷、残酷的世界，逐渐变得越来越文明、越来越温暖、越来越舒适。至少，我们不会忘记，如果没有煤，就不会有“蒸汽发动机”，不会有英国的“工业革命”。是“工业革命”，让处于农耕时代的世界，走向了快速前进的工业时代。可以这样说：如果当初没有煤铺成的黑色之路，世界工业和人类文明肯定不会是今天这个样子。或者说：是煤点燃了“工业革命”，并陪伴人类走过了世界工业的

“童年”时期。

看到一则关于煤的来源的传说，这里我再把这个传说加工几句。远古时期，天上有十个太阳，英雄的后羿射下了九个，被射下来的九个太阳，落入很深、很深的地下，变成了乌黑、闪亮的岩石，被人们称作太阳石。这些本来要服务于人类的太阳，亿万年来隐入地下，不生不灭，因为人类需要能量，才被开采出来，继续服务于人类。这沉寂在地下的九个太阳，因被采出而获得新生。所以，采煤的人，是手捧太阳的人。

太阳和煤，都是善意的精灵，它们已经满足了人类的许多愿望。

太阳是温暖的，煤是温暖的，人活着不就是要不断地寻找温暖嘛！

面对太阳，或经过亿万年才形成的煤，我觉得是没有资格抒情的，更不敢浪漫。我愿意接受煤对我的教育：要么沉默，要么燃烧。沉默并不是为了燃烧，而燃烧一定是经历了长久的沉默。

也许，在当代大多数人的意识里，煤已经退出社会发展的现场了，煤的功能完全被石油等新型燃料所替代。其实，煤是不会退出人类文明进程跑道的，只不过现在的煤已经变身为几种不同的样式参与社会的发展，成了幕后英雄。

下一章，我要去“太西煤”的生产现场，看一看“太西煤”变化出的几种身形。诸位看官，不妨随我去走一遭。

第四章 爝火燃回

明代的于谦写过一首诗《咏煤炭》:“凿开混沌得乌金，蓄藏阳和意最深。爝火燃回春浩浩，洪炉照破夜沉沉。鼎彝元赖生成力，铁石犹存死后心。但愿苍生俱饱暖，不辞辛苦出山林。”

这首诗，显然是于谦写给自己的，把自己喻为煤炭。但是，今天看来又像是写给王以廷的。

内蒙古太西煤集团股份有限公司的前身是1986年9月成立的“阿拉善盟古拉本地区煤炭联合公司”，阿拉善盟古拉本地区煤炭联合公司的前身是1983年10月成立的“阿拉善盟煤炭工业公司”，阿拉善盟煤炭工业公司的前身是“阿拉善工业交通局古拉本煤矿”，在“工业交通局古拉本煤矿”之前是什么名称，我没查到。但是，查到了古拉本煤矿从清朝时期就在开采了。

清朝时，阿拉善地区有两大特产，一黑一白。黑，指的是古拉本的煤；白，指的是吉兰泰盐湖的盐。这“一黑一白”都在阿拉善左旗。

有这样一个传说，一队装载着吉兰泰盐的骆驼队，要穿越贺兰山到宁夏，骆驼的蹄子刨开了地表，露出了黑色的岩石。拉骆驼的人捡了几块，到了宁夏，问江湖上的人这黑石头是什么，得到的回答是：煤，可以燃烧。这位拉骆驼的人，把发现煤的事报告给了官府，于是，官府就开始组织人开采。这个传说有多大的真实性，我不敢说，但是，清朝初年就在古拉本开采煤是真实的。

2021年3月7日下午，我采访了85岁高龄的李德荣先生。这位老先生1958年参加工作，1959年就到当时的阿拉善工业交通局煤炭组工作。几十年一直在煤炭行业里工作，一直到退休。退休前，是阿拉善盟古拉本地区煤炭联合公司的党支部书记。应

该是“太西煤”的活历史。

我和李德荣先生聊了一下午，他先说了几个时间点的煤炭生产情况。

“古拉本的无烟煤质量好，国家用来出口换外汇。1958 年以前，古拉本矿只有二三十人，需要开采了，就现找工人，那时的产量也就是一年 5000 吨左右。1959—1960 年，年产量在 20 万吨左右，矿上有七八百人，但是，煤开采出来后，运不出去，造成库存量过大。1962 年就停产了。矿上留下 20 多人值守。1964 年又恢复生产，到了 1966 年，我被临时派到矿上去负责生产。说是负责生产，其实那时根本不生产。1970 年末，我被正式调到古拉本煤矿，任古拉本煤矿革委会生产组长。那时，古拉本地区的行政归属是宁夏。

“再之后，经济搞活，小煤窑特别多。一时间，古拉本地区的煤炭生产、销售根本没有秩序。最严重的是小煤窑的安全事故频发，常有小煤窑瓦斯爆炸造成工人死亡的事件发生。当时，国家有关部门规定，产 100 万吨煤，死亡人数不得超出二人。可在当时的古拉本矿区，死亡人数远远超出。

“1980 年，我们划归内蒙古管辖，阿拉善盟左旗成立了煤炭公司，对古拉本地区的煤矿、煤窑进行统一管理。我当时任经理，负责生产、销售、供应、安全。但是，前些年混乱造成的影响并没有消除，生产没有任务指标，安全抓得较紧，其他工作也就是推着干。

“1985 年，我被调到盟经贸委工作，一年后，盟委、盟政府成立‘阿拉善盟古拉本地区煤炭联合公司’，又把我调回这个‘煤联公司’任总经理。盟委、盟政府的愿望是好的，我也很有干劲，但是，当时的‘婆婆’太多，管我们的上级太多，谁都想说话，造成资源浪费严重，普遍的人浮于事，效益很低，大多数人都是出工不出力。

“我这个经理做得很难受。

“1990 年，我就要求不做这个总经理了，最后组织上安排我任党总支书记。1994 年我就退出领导岗位，做了调研员。”

听到这儿，我插话问：“您为什么不做总经理了？那个时候，总经理应该是企业的一把手啊。”李德荣先生说：“我就是不想做这个一把手了。责任太大，太操心，还不一定有人能理解。”我接着问：“一定是有什么事，触动了您吧？”李德荣先生干脆地说：“是。我没有能力灭火，井下有火，灭不掉，轻则要把整个矿区烧掉，重则要死人的。我怕了，白天围着火转圈，夜里睡不着。”

关于李德荣先生灭火的故事，我会在后面的章节里讲给大家。李德荣先生是个尽职尽责的领导，他不是胆小鬼，是当时的各种条件制约了他，不是束手无策，是力不从心，有时是无能为力，更多的时候是强忍内心苦痛，通过和李德荣先生的谈话，我感知到他是有着高洁灵魂的人。

李德荣先生 1996 年退休，这一年原“阿拉善煤联公司”开始酝酿改制。

2021年3月7日上午，我采访了现任“内蒙古太西煤集团股份有限公司”常务副总经理张奭韬。我见到这个名字，对他说：“这是我见到的第二个人把奭作为名字的，第一个是汉元帝刘奭，第二个就是你。”张奭韬憨厚地一笑，说：“这是我爸爸给我起的名字，我爸爸有些文化，起这个名字也许对我有什么期待吧。”大家一笑，谈话的氛围也轻松了许多。

张奭韬是1963年生人，1984年从内蒙古煤炭工业学校毕业。毕业当年就分配到阿拉善盟煤炭工业局工作。

他说：“古拉本的煤在清朝时就在开采。我到煤炭工业局工作时，古拉本的煤主要是用于出口欧洲。据说欧洲一些皇室的壁炉里用的就是我们古拉本的无烟煤。”说这几句话时，张奭韬敦厚的表情里洋溢着一些得意。

他接着说：“当时出口的煤叫‘三八块’，这是对成品煤的尺寸要求。每年100吨左右，矿上只管采煤，出口销售是盟工业局负责，这样在利润分成上，矿上和盟里、旗里常有分歧。1986年成立了‘煤炭公司’，虽然明确了一些利润分成的规则，但是在当时的体制下，大家也没有什么积极性，生产效率很低。我当时在技术科，矿里的很多问题看得很清楚，也没办法，大家都混，我也混呗。”

张奭韬在讲述当年煤矿里的事情时，边讲边摇头，脸上露出了许多痛惜和无奈。

我问：“你什么时候觉得不是混了？”他说：“1997年改制。”

我继续问：“是怎样的改法？”他说：“当时是国有股占15%，

法人代表控股，全体参股。这是第一次改制，第二次是 2002 年，法人控股，员工参股，国有撤股。”

我问：“你当时想过吗，你继续在改制后的矿里工作，就要从国家干部的身份变成私有制企业的职工，情绪上有波折吗？”他立即说：“想过，但我很高兴。我是学煤炭专业的，能让我把学到的东西用在岗位上是最大的心愿，无论国有企业还是私企。还有，改制后大家看到前途了，知道做什么是有效的了，生产情绪也高了，企业好了，个人利益也得到保证了。”

我把话题转到他的职务上：“你在没改制之前就是技术干部，改制后，你都担任过什么职务？”他答：“改制后，董事长对我一直很信任。开始是在技术科担任科长，后来到销售公司任副总经理，又到洗煤厂任厂长，再到集团公司任副总经理。2016 年任集团公司常务副总经理。”我：“你具体负责什么工作？”他：“负责企管部、技术中心。”我：“你现在工作上最大的压力是什么？”他：“灭火！现在集团的最高任务就是把井下的火灭掉。不灭火，不能提高生产效率，不灭火，不能保证安全，不灭火，环保问题、技术改造等都是空谈。还有，看着国家的资源就这样被烧掉，也真是心疼啊！”他说着说着，情绪上有些激动。他抬起头，让眼睛在天花板上停留了一会儿，沉重地说：“其实，我心里清楚，井下灭火是伟大的理想，现实的做法是控制火情，逐渐缩小起火面积。”

看到他表情有些凝重，我又一次改变话题：“谈谈你对董事长王以廷的印象吧。”他的表情立刻恢复正常，迅速回答：“我很早

就认识王以廷，那时他在水泥厂当厂长。1994 年他来到我们煤炭公司当经理，我们就在一起工作了。王以廷这个人了不起，做事有自己的一套务实的思路，懂经营，与各种人的沟通能力都很强。会用人，不拘一格，只看本事大小、对工作是否有利。而且对一些有不同意见的人，能容忍，能协调。就是对那些有破坏性的人，他也不下狠手，不置人于死地。”我：“哦？他处理过哪些人？怎么处理的？能具体举例子吗？”他笑了笑：“涉及具体的人，我就不举例子了。不过，王以廷在处理那些捣乱的人时，常说的一句话是：‘他们也是上有老、下有小，还要过日子的。不要再深究了，给他们一些生活费，让他们自己回去反省吧。’从这一点上看，王以廷和其他一些私企老板有着本质的差异，他对所有的员工都怀着慈爱。”我说：“哦，他这样做像佛，而不像企业家了。”他说：“其实，他总是为别人着想，也是不想激化矛盾。他的慈爱不是放纵，而是有一种不怒自威的威严。员工们爱他，也怕他。”

我点燃一支香烟吸着，回味着张奭韬的这些话。是啊，人类只有两种力量是极致的，一种是生，一种是死。慈爱是生，战争是死。企业要发展，就需要员工好好地生活，而不是在纷争中自寻死路。

内蒙古太西煤集团股份有限公司是 1997 年成立的，也是原“阿拉善盟煤炭联合公司”的第一次改制。国有股占 15%，法人代表控股，全体员工参股。

1997 年 8 月，内蒙古自治区人民政府以内政股批字〔1997〕31 号文件批复同意筹建内蒙古太西煤集团股份有限公司。1997 年

12 月 8 日，召开内蒙古太西煤集团股份有限公司成立大会。会上通过了公司章程，选举了领导机构，确定了领导成员。成立股东会、董事会、监事会。选举产生董事会、监事会。董事会董事包括王以廷、韩宗凯、梁秉智、邱林玉、张俊明、吕俊民、赵江彦、邱武玉、刘永刚。王以廷任董事长，韩宗凯任副董事长。监事会成员包括王选安、贺立业、温汉科、郝华、刘尚鸿。王选安任监事长。董事会决定聘任王以廷兼任总经理，梁秉智、邱林玉、张俊明、李登海为副总经理。

2002 年 6 月 12 日，中共阿拉善盟盟委、阿拉善盟行政公署正式批准内蒙古太西煤集团股份有限公司改制成股份制民营企业。这是第二次改制，国有股份完全撤出，法人代表控股，全体员工参股，从此，内蒙古太西煤集团股份有限公司彻底成为私有制企业。这是为进一步适应当时提出的深化改革、调整优化产权结构的需要。

2002 年 8 月，内蒙古自治区人民政府办公厅以内政办字〔2002〕235 号文件确认内蒙古太西煤集团股份有限公司为内蒙古自治区重点企业。

2002 年 11 月，内蒙古自治区质量管理协会、内蒙古自治区用户委员会审定：内蒙古太西煤集团股份有限公司被授予“2002 年内蒙古自治区用户满意企业”称号；内蒙古太西煤集团公司“兰山牌”太西无烟煤被授予“2002 年内蒙古自治区用户满意产品”称号。12 月，太西煤集团股份有限公司实现利润 1358.6 万元，

同比增长 13%。上缴国家税金 2812 万元，同比增长 9%。

集团公司荣获“2002 年度财政收入上台阶先进企业”称号。

集团公司荣获“2002 年度全区用户满意企业”称号。

集团公司荣获“2002 年度全区职工计算机知识普及应用学习活动先进集体”称号。

2003 年度集团公司荣获“重点项目投资突出贡献奖”称号。

集团公司荣获“2003 年全区增值税消费税纳税百强行业”称号。

集团公司荣获“2003 年度全区用户满意产品”称号。

集团公司荣获“2003 年度先进私营企业”称号。

集团公司荣获“2003 年度目标责任先进企业”称号。

集团公司荣获“2003 年度全盟安全生产先进企业”称号。

集团公司荣获“盟级、市重合同守信用企业”称号。

集团公司荣获“国际二级档案工作目标管理”称号。

集团公司荣获“内蒙古自治区诚信单位”称号。

这些数据和获得的荣誉，足以证明改制后的内蒙古太西煤集团公司的活力。张爽韬在接受采访时，曾说过这样一句话：“企业不改制，企业和员工就在不死不活中混。一些领导在工作中只对他的上级领导负责，不为企业负责，不为企业员工负责，弄得大家干什么都没有积极性。大锅饭真是要不得啊。”

2004 年 1 月 1 日，太西煤集团公司第二届一次股东会暨第三届一次职代会、工代会召开。选举产生的新一届董事会由九人组成：董事长王以廷；成员：张俊明、梁秉智、李登殿、张爽韬、张二小、赵武、邱武玉、陈大才；新一届经理班子由九人组成：王以廷、王选安、梁秉智、张俊明、李登殿、张奭韬、刘洪文、赵武、张二小。工会由五人组成：主席白真权；副主席曹秀兰；委员司俊峰、薛思银、赵江彦。

一批懂专业、能干事、会干事、做得成事、爱企业、爱员工的人走上了公司的领导岗位。

2004 年太西煤集团公司荣获阿拉善盟“2004 年度先进纳税企业”称号。又获得内蒙古政府“2004 年度自治区重大项目建设成绩突出奖”。

好了，我不再举这类太西煤集团获得各类荣誉的例子了。

决定一个集体、一个企业或更大领域良性发展的要素有两条，一条是要有适合生产力发展的体制和政策方针，以及具体实施的办法手段；另一条是要有一位带头苦干、能温暖人心、品德高洁、有说服力的带头人。

大家都懂的一个道理：大河有水小河满。而曾几何时，人们只想着自家的小河有水，不管大河是否干涸。改制后的内蒙古太西煤集团股份公司，首先想到的是企业员工的利益，小河有水后，大家努力地往大河里蓄水。

太西煤集团股份公司开始发展壮大，呈现出蓬勃之势，员工们也意气风发，表现出爱企业如爱家的精神面貌。

我手头有一本内蒙古太西集团股份公司自印的内部资料《艰辛的历程　非凡的业绩——王以廷总经理讲话汇集》，是王明生先

生在2003年主编的，书的“前言”也是王明生先生写的。文章言简意赅、朴实、真切、可信度极高。文中有一段描述太西煤集团改制前后的一些状况，更多的是赞颂太西煤集团的领头人王以廷。我摘录一段在此吧。

太西煤集团公司王以廷总经理1994年到任，领导公司已经10个年头。他受命于艰难之时。当时的企业是困难重重，步履维艰。

生产基础薄弱，发展条件脆弱。生产规模小，接续能力差。直属煤矿的年产量只有30多万吨。

矿区井下火灾严重，灭火救灾是头等大事。没有灭火资金，贷款举债灭火。火区、火点，多达7处。人力、物力、财力，大部分投入灭火。分散精力，影响经营。

资金运作十分困难，难以维持正常经营。上缴利税，超负荷增加，超负荷贡献。各种摊派，屡禁不止，苦不堪言。古二矿、洗煤厂，累计亏损数千万元，历史包袱沉重，经营如牛负重。

煤炭销售，很不正常。货款拖欠，相当严重，常年保持数千万元。煤炭出口，两级代理，层层剥皮，效益流失。

外部环境恶劣。小煤窑团团包围，生产秩序，混乱不堪，火灾隐患，随处可见。销售市场，十分混乱，竞争手段，五花八门。生产经营形势严峻，严重危及企业生存。

内部管理粗放。职工队伍庞杂，冗员数额巨大。每年只有三四十万吨的生产量和销售量，却要养活2600多名职工，很大一块效益被人头经费吃掉，整体效益低下；机构臃肿，人浮于事，仅公司机关就设有20个科室，机关工作人员170多人。全公司副科级以上干部多达130多人；推诿扯皮普遍存在，互相掣肘，内耗严重，工作效率低下；职工队伍构成复杂，有国家干部、国有职工、集体职工、乡企职工，甚至还有离开生产大队不久的农牧民。队伍庞杂，思想复杂，能力水平，参差不齐，工作难度大，管理不到位；生产经营管理不善，规章制度不尽完善，落实不到位，流于形式；财务管理漏洞很大，把关不力，审批不严，国有资产随意流失。

在如此困难的局面和巨大的压力之下，王以廷总经理以坚定的信念，坚强的毅力，敏锐的眼光，超前的思维，超凡的胆略，创新的精神，科学的态度，务实的作风，知难而上，从容应对之。团结一班人，带领全体干部职工，以改革统揽全局，抓管理改变面貌，增效益壮大实力。一年一小变，三年一大变，九年经营，业绩斐然，令人瞩目。

加强生产基础建设，完成8项技改工程，年生产能力和生产量均超过100万吨，分别比1994年增长近1倍和1.5倍。工业总产值和工业增加值分别增长近10倍和4.5倍。

矿区灭火，成果显著。三个煤矿，恢复生产。矿区火灾火情，得到有效控制。更重要的是，通过灭火实践，总结出成功经验，找到了有效方法和得力手段，闯出了适合矿区特点的灭火路子。灭火资金来源，基本得到落实。

煤炭年销售，超过百万吨，创下历史最高纪录。太西煤出口

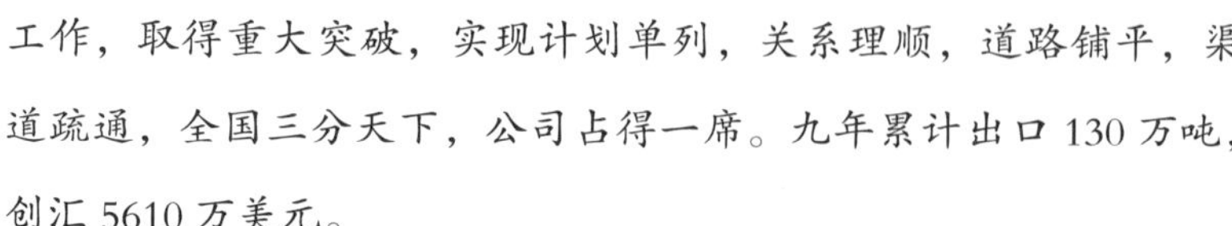

工作，取得重大突破，实现计划单列，关系理顺，道路铺平，渠道疏通，全国三分天下，公司占得一席。九年累计出口 130 万吨，创汇 5610 万美元。

企业两次改制，两次资产重组，处置不良资产，甩掉两大包袱。优化产权结构，合理配置资源，发挥独特优势，争取最佳效益。企业以人为本，思想工作为先，政策凝聚人心，员工齐心协力，理解支持改革，实现民营目标。外部环境改观，生存条件改善。

企业资产总额、经济效益、缴纳税金成倍增长。至 2002 年底公司总资产达 5.3 亿元，比 1994 年增长 3.1 倍。实现利润 1359 万元，增长近 2 倍。上缴税金 2812 万元，增长 2.1 倍。经济实力大增。员工收入不断增长，生活水平得到改善。

内部管理趋向正规化、科学化、规范化。通过深化改革，公司机关机构精简一半，人员减少三分之二。全公司员工总人数也只有原来的三分之一，员工队伍消肿，企业负担减轻。办事机构精干，工作人员精练，规章制度健全，监督机制完善，管理措施到位，工作效率提高。

所有这些，无一不是王以廷总经理心血和汗水的结晶。

通过这段文字，我们可以感受到企业改制的必要性和合理性，同时，我也对改制后的太西煤集团股份公司董事长王以廷先生表示极大的尊敬。做企业并把企业做大做强，是人生的极大挑战。也许有人认为，做企业就是为了赚钱，但是，所有想把企业做大做强的企业家，其根本目的都不是为了自己赚钱，而是为了找到自己在社会上的价值，为了给社会发展做出自己的贡献。或者说，是为了在今生今世证明自己：我是谁？我来到这世界上能做什么？

明代的于谦写过一首诗《咏煤炭》："凿开混沌得乌金，蓄藏阳和意最深。爝火燃回春浩浩，洪炉照破夜沉沉。鼎彝元赖生成力，铁石犹存死后心。但愿苍生俱饱暖，不辞辛苦出山林。"

我把这首诗翻译成现代汉语吧，尽管这么做很愚蠢。

掘井地下的泥土和岩石才能得到煤，
煤是最懂得深情的，
在漆黑冰冷里隐藏着太阳一样的温暖。
在寒冬里燃起炭火，
就会得到浩荡的春光。
炼铁的洪炉里是煤炭的熊熊烈火，
把黑沉沉压抑的夜空照亮。
彝和鼎这些壮大器皿的成型，
是煤炭燃烧自己把铁块凝聚在一起制成的。
铁块和煤炭永远不会死亡，
它们和鼎、彝一样永世长存。
只要能让天下的黎民百姓安居乐业，
我愿意像煤炭一样走出深山，
熔化在冶炼鼎的烈火之中。

这首诗，显然是于谦写给自己的，把自己喻为煤炭。但是，今天看来又像是写给王以廷的。

王以廷是何许人？下一章我就细细地说说这位受命于危难之时的、贺兰山一样挺拔的人。

第五章 苟志于仁

其实人啊，自己是自己的草原，自己也是自己的牢笼。心底无私的人，可以自由自在地在草原上驰骋；私欲贪念占据心头的人，必然是自己把自己装进牢笼。王以廷是个自由驰骋的人。

人的一生有两件事只能发生一次，那就是生一次、死一次，而王以廷是死过一次的人。死过一次的人，大概就不会再死了，或者说是死过一次的人，是获得再生的人，是精神永恒的人。

王以廷身份证的出生日期是 1950 年 9 月 23 日。其实，他出生的真实日期是 1950 年 5 月 9 日（农历三月二十三），他出生在甘肃省民勤县。为什么会有两个出生日期？待我在后面慢慢地道来。

2021 年 3 月 6 日，我与王以廷先生聊了一整天。我问："您的祖上是什么地方的？怎么到的民勤县？"王先生抬手摸了一把头发，说："嗯，我们这个王姓啊，是从安徽凤阳，就是朱元璋的老家过来的。我们的家谱记载了 360 多年，家谱里的第一代先人是明末的大将军。1949 年后由于某些原因，保管家谱的人跑了。保管家谱的人跑了之后，继续看守家谱的人胆小，害怕保留家谱会要他的命。再加上后来，因为饿，吃没吃的，穿没穿的，这个人就把家谱上的皮子做了衣服上的补丁，家谱上的纸用来生火了。后来家族里有心的人，不断地追寻这个家谱，找到了残缺不全的一些。我知道的是家谱中第一代先人叫王刚，曾带兵驻守在安徽和山西，后来住在山西汾阳、太原一带，我们民勤王姓人的祖先就是这一支。第二代先人也是带兵打仗的，被派到河西走廊一带

驻防，最后就驻守到民勤这个地方，相当于在那里屯田开荒、驻守边关的。我们这一支王姓家族的来源就是这样。”

王姓是中国的一个大姓，其来源也比较复杂，不仅汉族人姓王，很多少数民族也姓王，尤其在边疆地区。我询问王以廷先生家族来源，是想确定他们这一支王姓是不是汉族人。

王以廷的爷爷是民勤县的普通农民，父亲是普通农民，或者说祖上几代都是面朝黄土背朝天的普通农民。我说的这个“普通”，包含着纯朴、敦厚和善良。

王以廷的父亲叫王陌童，因憨厚朴实、能吃苦耐劳，被当地的一个弹棉花的棉花匠看中，棉花匠把自己的女儿许配给了王陌童，棉花匠的女儿后来成了王以廷的妈妈。王以廷先生这样描述：“我父亲不知道怎么被我姥爷碰上了，我姥爷就把我母亲介绍给我父亲了。我姥爷是棉花匠，非常勤奋，家里的生活条件在当时还算比较好，父亲和母亲的婚后生活，主要还是依靠姥爷帮衬。”

王以廷并不是少小伶俐聪慧的人，到了八岁才记事、懂事。1958 年，王以廷的父母双双被派到红崖山去修水库，他就和姐姐两个人在家，姐姐出门就背着他，他也愿意赖在姐姐的背上不下来，有尿了也不说话，直接在姐姐的背上撒了。父母不在家，姐姐是他的唯一依靠，他便用各种调皮的手段来让姐姐对他更呵护一些。

1958 年 9 月中旬，红崖山水库修好了，中午工地收工，王以廷的妈妈下午从水库工地徒步 60 多公里，半夜走到家里。需要重点说一下，王以廷的妈妈是裹着小脚的。可以想象，一个母亲半年多没见到孩子是什么心情。母亲见到了一对儿女，从怀里掏出两个玉米面饼子，给两个孩子一人一个。毫无疑问，这是母亲没吃的晚饭。母亲饿着肚子急着回家，就是要看到孩子安康，并把自己的晚饭分给孩子们吃。都说母爱是伟大的，这种伟大的内容是：母亲把自己更需要的东西奉献给孩子，而自己忍着。

王以廷和姐姐一边吃着母亲带回来的玉米面饼子，一边看着母亲含着泪的笑容。

1959 年的中国遭遇了大灾难，饥饿！全国饥饿，全民饥饿。民勤县也不例外。野菜、野草、树叶、树皮，能吃的和不能吃的都吃了。老鼠洞都被挖了几遍。半年吃不到一粒粮食，人的生命和精神已经崩溃。这一年的 11 月，王以廷吃了一种草，当地叫扯拉弯，这种草有毒，少吃无大碍，吃多了就会要命。王以廷吃多了扯拉弯草，中毒了，昏死了。看到昏死过去的孩子，王以廷的母亲知道是因饥饿多食毒草所致，于是把已经干涸的醋瓶子拿出来，兑上热水给王以廷灌了下去，过了一会儿，王以廷竟然醒了。看到儿子醒了，坚强的母亲再也挺不住了，拉起两个孩子和丈夫一起出门，去投靠父亲，王以廷的姥爷家。

醋在今天，我们是当作调味品的，但是，醋能刺激胃肠蠕动，还有较强的解毒功能。王以廷就是被能解毒的醋救活的。不知王以廷的母亲当时怎么会想到用醋来救治孩子的。

9 岁的王以廷死过一次，9 岁的王以廷再生了一次。我曾开玩笑地对王以廷先生说：“您的年龄应该从 1959 年开始算起。”

王以廷的姥爷家，在民勤县中渠乡上生村，距离王以廷家有十来公里。姥爷家里就姥爷一个人，姥姥早就过世了。母亲带着一家人来到姥爷家，姥爷把他们迎进门，问明情况，长叹了一口气。姥爷家里也只有三斤米、两斤面，也仅够一家人吃两顿的。王以廷的母亲非常坚定地说："走，我们去阿拉善左旗。"姥爷听了说："也只有去阿拉善左旗了，不然一家人就要活活饿死。"

阿拉善左旗住着王以廷的三姥爷。

王以廷的三姥爷在阿拉善左旗是个木匠，家里还养着百八十只羊，生活比较富裕。母亲为什么坚定地要去阿拉善左旗？这里有一段渊源。三姥爷婚后一度膝下无子女，姥爷就把母亲过继给了三姥爷，母亲在三姥爷家生活了许多年，后来，三姥爷有了两个孩子，姥爷又把母亲接了回来。但是，三姥爷与母亲的感情很深厚。正因为如此，母亲才决定去找三姥爷。

从民勤到阿拉善左旗三姥爷家，要穿过腾格里沙漠，300 公里左右。1959 年 11 月 28 日深夜，姥爷带着一家五口人，身上只带着不足五斤粮食，向腾格里沙漠走去。前三天他们只能夜里走，白天在沙漠里藏着，因为那时甘肃地方有规定，不许饥民外逃。300 公里的沙漠路，五口人，带着五斤粮食，走了十天，才到达阿拉善左旗的巴彦浩特。从民勤县到阿拉善左旗的路，姥爷是走过几次的，所以，一家人一路走得还算顺利，加上路途中遇到过几伙牧民，得到了一些食物上的接济。如果不是姥爷熟悉路径和牧人的接济，这一家五口人也未必能走出沙漠，王以廷的再生也未必能实现。

一家人到了阿拉善左旗后，得到了三姥爷的帮助，生活有了着落。后来全家人的户口也落在了阿拉善左旗红石头大队（现在的布古图苏木），都有了供应粮。落户阿拉善左旗红石头大队的时间是 9 月 23 日，上户口时就错把王以廷落户的时间，当作出生时间给填上了，这个错误一直保留在王以廷如今的身份证上。而他真实的出生时间只有父母和他自己暗暗地记着：1950 年公历 5 月 9 日，农历三月二十三。

一家人的生活安定了，母亲就开始思量着王以廷上学的事了。

王以廷在阿拉善左旗红石头队读的小学。1961 年以后，母亲决定回到甘肃民勤县老家去，让王以廷到民勤县去上学，因为当时民勤县的教学质量要好于阿拉善左旗。他们准备离开阿拉善左旗红石头大队时，红石头大队的干部、乡亲都努力挽留，母亲告诉大家："阿拉善左旗救了我们一家，我们一定会回来报恩的。乡亲们，放心吧。"

1963 年，王以廷一家又回到民勤县，1964 年王以廷在民勤县上了初中。1967 年王以廷初中毕业赶上了"特殊时期"。王以廷准备回到老家民勤县收成乡（公社）务农，可是，回乡的第二天，生产队就找到他，让他接任生产队的会计。那时，17 岁的王以廷是全大队唯一正规毕业的初中生。他白天下农田干活，晚上跟着老会计学习会计业务。很快就熟悉了会计的业务，且工作出色。一年后，就被调任大队当会计兼文书。

1968 年 12 月底，王以廷又被调到公社拖拉机站当会计，同时还兼任着大队的会计和文书，以及公社基干民兵连的连长（经

常晚上训练）。真是能者多劳，也真是任劳任怨。我相信，那时的王以廷也不知道累，更不会抱怨苦。对于一个死过一次的人，所有的经历都是对新生命的奖赏。身兼多职，少不了奔波忙碌、摸爬滚打，但这些经历都是他获得人生经验的宝贵机会，也是强筋健骨、磨炼意志的机会。他勤勤恳恳地干着这些工作，兢兢业业地做着这些事情，有条不紊，不出纰漏，获得了领导和群众的一致好评和信任，为他的未来铺平了道路。

那时，也有许多让王以廷不舒服的事儿。比如，开地主富农的批斗会，拉着戴着高帽、挂着牌子的地主富农游街。

每当要开地主富农的批斗会或准备让地主富农游街时，王以廷就会在早上拾牛粪的时候，对地主富农说一声："晚上多穿点衣服吧。"地主富农就明白，要开他们的批斗会了，多穿点儿衣服，能多少增加一点儿被打时的缓冲，减轻一点儿疼痛。到了中午，带领地主富农游街的人回家吃饭去了，就把他们留在一个院子里，等着下午继续游街。几个游街的地主富农，中午没吃没喝，干熬着。王以廷看到了，就把他们领到家里，给他们喝点水，煮上一些土豆、胡萝卜给他们吃，让他们下午继续游街时有力气。

我问王以廷先生："您把地主富农带回家，还给他们吃喝，不怕被人发现后，会给自己带来麻烦吗？"王以廷先生很自然地说："我是贫雇农，根红苗正，又是民兵连长，有什么怕的？我给他们一点吃喝，只是把他们当作老年人来对待。再说都是乡里乡亲的，政治运动归政治运动，乡情归乡情嘛。当然也是要在人们都散了后，看到没人的时候才把他们领回家的。”我听了，心里暗暗佩服他的胆量和勇气。在那个时候，所有人都会远离那些地主富农，更不敢把地主富农领到家里给他们吃喝，弄不好，会被当作政治立场问题，轻则遭批斗，重则会被定性为“反革命”的。关于那段时期的那些记忆，20 世纪四五十年代出生和六十年代初出生的人，应该是刻骨铭心的。

只有受过苦难的人，才会去同情、帮助正在经受苦难的人。王以廷儿童时期有过苦难的经历，所以，才对眼前这些正在经受苦难的人，给予了 些帮助。这不是政治立场的问题，是人的本源的问题。人对人的尊重，是生命对生命的尊重，也是人之谓人所必须遵循的根本之道。对他人生命的尊重是人最大的善行，而善行是可以得到善报的。有道是：人做事，天在看，头上三尺有神灵。

被王以廷帮助的几个地主富农中，有一个人叫王以武。这个人与王以廷算是同宗，是什么时期的同宗，很难说清，也许在明朝时是同一个祖先，所以名字中的“以”是按照一个家谱排下来的。1969 年春天，王以武把自己的一个远房亲戚，介绍给王以廷。王以武这个远房亲戚也不算太远，是王以武姐夫的侄女。

1969 年农历八月十六，王以廷与这位姑娘结婚，就是现在王以廷的夫人，姓李。

王以廷认为，夫妻是恋爱的对象，要一生都在进行时。我亲眼见到 70 岁的王以廷先生和 70 岁的老伴手挽着手走路、说笑。王以廷先生指着老伴对我说：“这是我一生的宝贝儿！”又接着说：

“我的四个儿女、八个孙子都是我的宝贝儿。”

王以廷先生对婚姻、家庭及养育儿女有个理想：那就是夫妻一生不要面红耳赤地争吵；对儿女要用“忠孝仁义”来教育。现在，他们夫妻 50 年没发生过激烈争吵，他的儿女们也基本都沿着“忠孝仁义”的方向在健康成长。

王以廷先生实现了自己的理想，他的家庭生活是幸福的，幸福的标志是夫妻和睦，儿女孝顺。当然，王以廷先生在家里尽管不断地推进民主，可是孩子们还是希望家有千口，主事一人。

王以廷在公社拖拉机站做会计，白天正常工作，晚上做账。闲的时候就帮着公社文书刻钢板、印文件、发文件等。公社书记和干事对王以廷的印象特别好。都说王以廷这人诚恳、勤快、不计得失、乐于助人。

1970 年下半年，上级给民勤县调拨来六辆大汽车，要在年轻人中找六个人培养成驾驶员。在当时，学驾驶是一件很大的事，甚至是改变命运的事。公社张书记和其他领导有意让王以廷去参加培训学习，但要征求公社拖拉机站领导的意见。

公社拖拉机站有两个领导，一个是书记，姓许；另一个是站长，姓袁。这两个人都很能干，也都是好人，就是经常意见相左，闹矛盾，谁也不服谁。有点像俗话说的那样：一个食槽子，不能拴着两头叫驴。但是这两个人都很喜欢王以廷。

王以廷有意要调和书记和站长之间的矛盾，当他在和两人之中的一个人在一起的时候，就不断地软化他们的关系。跟许书记单独在一起时就说：袁站长说您许书记是个有责任心的领导，办事认真，对员工关心爱护，是个好领导。跟袁站长单独在一起的时候就说：许书记说您袁站长业务能力强，培养了很多技术骨干，没有您袁站长拖拉机站不会发展这么好。如此这般，久而久之，徐书记和袁站长的关系明显好转，互相尊重，能在一起聊天，不再对抗了。在王以廷去县里参加驾驶员培训班的这个事上，两个人意见非常统一，都同意。公社张书记都纳闷儿：这两头犟驴，现在咋合拍了？当张书记知道王以廷在其中做了很多工作后，慨叹：年轻人要都像王以廷这样就好了。

王以廷顺利地到驾驶员培训班学习，但是拖拉机站的会计职务还继续兼任着。半年后领到驾驶证，随后就分配到县商业局跟车实习半年。

1971年年底，收成乡的汽车也分配下来了，王以廷就回到乡里开车，运送粮食、化肥等。当时，全民勤县也就有20多辆汽车，哪个乡有汽车，运输搞得好，哪个乡就会富裕一些。为了搞好运输，收成乡专门建立了汽车站，有专职的站长，王以廷一边开车，一边带徒弟，两年后，王以廷带出两个徒弟。1974年县里把第一批培训出来的驾驶员调回县里，王以廷被调到县运输公司。在县运输公司工作了四年后，1978年刚过完春节，埋在王以廷心里的一个夙愿开始萌发。“我要回到阿拉善左旗，要回去报恩。”这是母亲离开阿拉善左旗红石头大队时的承诺。母亲也经常在家里念叨：“阿拉善左旗救了我们一家人的命，不要忘了阿拉善左旗啊。”

回阿拉善左旗报恩，已经是王以廷今生必须要做的事。一个好儿子，听从母亲的吩咐是天职；一个好汉子，知恩图报也是天职。

感恩、报恩是一个人能在世界上安身立命的根本，懂得感恩、报恩的人，心里永远充满阳光。感恩、报恩是一件发于内心的事，不是挂在嘴上的家常闲话，是坚定的行动。懂得感恩、报恩的人，才能感受到真正的幸福。感恩、报恩是一个人的品德、境界和生活态度。

王以廷在民勤县的生活、工作一帆风顺的时候，他想到了要去阿拉善左旗报恩，要放弃眼前的一切去阿拉善左旗重新开始。王以廷的行为是高尚的，人格是值得尊重的。

1978 年，王以廷准备回阿拉善左旗时，已经生有两个女儿和一个儿子。现在王以廷有三个女儿、一个儿子，女儿的名字里都带有一个“海”字，儿子叫敬华。我问他：“您在民勤县看不到海，怎么给女儿起的名字里都有海呢？”王以廷先生笑着说：“1972 年，民勤县进了一批车，让我到天津港去接车，可是，那时天津的政治运动闹得很厉害，港口瘫痪，运车的船靠不了岸，我就在天津港住了一个月，天天看海，心想着大海就是好，这么辽阔，还能接纳百川，等有了孩子，就给孩子起带‘海’字的名。所以三个女儿的名字都带‘海’字，儿子叫敬华，华是我们的祖国和民族嘛。”王以廷说这些话时，面带微笑，表情轻松，看似随意，但我却看到了他朴实、忠厚的内心，也看到了他对孩子们寄予的期望。

王以廷想回阿拉善左旗报恩的路，并不是很顺畅，首先是民勤县运输公司不放人，而且公司领导告诉王以廷，公司已经讨论过了，马上就要给王以廷提任运输队队长。当时民勤县运输公司的王书记态度非常坚决：“不放王以廷走！”而运输公司的另一位领导郭经理很理解王以廷的想法，对王以廷说：“别着急，等等再说。”后来王书记去兰州看病，住院了，郭经理说：“你现在赶紧办手续吧。”

虽然阿拉善左旗同意王以廷来工作，但是只能解决王以廷一个人的工作，暂时无法解决妻子的工作问题。即使是这样，王以廷还是下定决心回到了阿拉善左旗。工作被安排在阿拉善左旗运输公司。安排妥当后，王以廷一如既往地认真工作，很快就得到广泛认可。

1979 年秋天，王以廷回到民勤县把父母和三个孩子接到了阿拉善左旗定居。王以廷对我说：“那时一家五口人，就我一个人工作，生活负担还是很重的。”

王以廷在左旗运输公司工作了一段时间后，公司领导找到他，让他做货车队队长。王以廷知道，货车队是整个运输公司的老大难。队中有一些从朝鲜战场上回来的老兵，因为有赴朝参战的资历，在工作中不太服从管理，可是他们也不愿意做管理工作，在队里晃来晃去，想干点工作就干，不想干了谁也没办法。运输公司领导想让王以廷做这个队长，就是看到王以廷做人正派，为人和善，工作认真，能吃苦，有担当。王以廷想了一下，就对领导提出了条件：“队长我可以干，也一定能干好。做队长就不出车了，工资待遇就降低了，你们能不能和有关部门沟通一下，把我爱人

的工作给解决了，让我今后在工作中无后顾之忧。”

左旗运输公司的书记把王以廷的情况向左旗旗委做了汇报，一周后，王以廷妻子的工作问题就得到解决了。王以廷明白，自己的要求领导给落实了，就没有理由不把领导托付的工作干好了。

王以廷一边以身作则地工作，一边跟队里的司机做思想上、情感上的沟通，动之以情，晓之以理。当然，他也制定了一系列奖惩条例，也硬碰硬地制服了几个挑事儿的司机。曾经有人把车停在王以廷办公室门口说：“车坏了，你给我修修吧。修好了我再上班。”王以廷检查了一下车体，根本没有毛病。看到司机走了，他就自己开上这辆车干活，直到那位司机羞愧地回来，继续工作。就这样，王以廷当队长的一年之后，货车队工作有序、扭亏为盈，成为整个运输公司的优秀部门。有道是：事在人为。什么样的人，就能做出什么样的事。自身正派、一心想的是集体利益的人，在工作中是无所畏惧的。

王以廷在货车队工作五年后，因为行政能力出众，被提升为运输公司副经理。

1984 年的秋天，王以廷正一心一意地想着运输公司的工作的时候，左旗旗委决定，把他调到水泥厂当书记兼厂长。

当时的水泥厂，因领导班子不团结，管理混乱，闹得职工们人心涣散，生产不能有序进行，安全事故频发。左旗旗委把王以廷调过去任书记、厂长，就是要王以廷重整旗鼓，让水泥厂走到良好有序的轨道上来。

领导的重托和期望，让王以廷感到这是人生的又一次考验。当然，王以廷也清楚：旗委领导是把他当作救火队员来安排的。

一个长期混乱无序的企业，若要归于正途，一是要建立严格的规章制度并坚定地执行，二是面对无事生非的和故意发难的人，要用铁腕。所谓：重症需下猛药。

王以廷先生对我说："来到水泥厂之前，我跟有关领导提出要求，将水泥厂现有的领导班子人员全部调走，我一个不用，否则我也干不下去。当时有个厂领导，可能是因为和左旗政府的领导有点关系留下来了，其他的人全调走了。这个留下来的厂领导，没过多久毛病就出来了。我来了两个多月时，他对员工说我坏话，挑拨干群关系。而且经常请假回城里，不来上班。我对这个人说，我给你放长假，你就好好待在城里休息，把分管的工作交出来，不用来上班了。后来这个厂领导找到左旗政府的领导告状，左旗政府的领导到水泥厂来开大会，把我批评了一顿，说我胆子大得很，政府的话都敢不听，把一个厂领导说停职就给停职了。政府领导走后，我又召开员工大会，我在会上明确表态，我是全心全意地来水泥厂工作的，如果让我管，你们就听我的，就好好工作，我保证让你们发上工资和奖金，如果还这样晃晃荡荡的不遵守劳动纪律，我就向旗委旗政府提出不干了。厂里的员工绝大部分都支持我。后来有半年，企业效益逐步好起来了，那个被我停职的厂领导一看这种情况，就不好意思了，自己主动调走了。我在厂里的中层干部里选了两个副职、一个厂领导，还有五个部门主任，我们

9 个人就是水泥厂的领导班子。我到水泥厂一年左右时间，各项工作都顺顺当当的了，达产达效，市场也好了，效益也好了。”

王以廷先生和我讲这段话的时候，脸上洋溢着透彻的笑容。

他又接着说：“那时候水泥厂盖了家属房，有 40 多户，工人们经常要请我喝酒。喝酒可以，但必须是班子成员 9 个人一起去，否则我就不去，我绝不一个人去喝工人们的酒。其实，大家在一起喝酒，不是什么坏事，通过喝酒，就把很多人的内心看得清清楚楚了。酒品即人品嘛。”

我问：“工人喝酒容易没节制，出过什么事儿吗？”他说：“出过事儿。有一次水泥厂办公室的一个负责人喝多了，他丈母娘刚好在他家照顾他刚满月的宝宝，他喝多了酒，竟然把自己的丈母娘赶出了家，赶到了山沟里头去。我非常生气，立即对这个办公室负责人采取了强制措施。后来他的媳妇儿过来求情，说他昨天晚上喝多了，现在酒醒了，请求解除强制措施。我同意了，但是要求他在公司的黑板上亲自手写检讨书。他求情道：厂长，下班了写可以吗？我说不行，必须上班写。那一次过后，这个人至今都不再喝酒。”

听到这儿，我笑了。这不仅是管理上的铁腕儿，还是救治人心、人性、人情上的铁腕儿。也是“杀一儆百”的手段。

王以廷在水泥厂工作了五年，把一个接近停产的企业，管理得风生水起、群情激昂，全体职工同心同德。同时，王以廷用这五年时间，把自己这个水泥生产的外行，变成了专家。

谁不希望在一个和煦温暖的情感环境里工作？谁不希望单位有一个坦荡、亲切的带头人？况且王以廷是一个把自己的心点燃捧在手上去照亮员工的带头人。

1989年年初，阿拉善左旗旗委决定把王以廷调到旗硝化厂任书记兼厂长。硝化厂是个有600多员工的企业，而那时已经面临倒闭。王以廷又一次被当作救火队员。

听说上级要把王以廷从水泥厂调走，水泥厂的干部职工都不干了，把厂子的大门关紧锁上，不让王以廷离开，向上级部门抗议。最后，旗委派来了工作人员对水泥厂的干部工人进行解释。“王厂长是党的干部，要服从旗党委的安排。他到硝化厂也是在给党做工作，为党做贡献。水泥厂同志们的心情我们旗党委能理解，但是不能让王以廷同志犯下不服从组织安排的错误吧？”

王以廷离开水泥厂的那天晚上，水泥厂的领导班子和中层干部、部分员工在食堂里喝了一场大酒，酒没喝下去多少，泪水流了很多。工人、干部流泪，王以廷也流泪。工人、干部端着酒杯来敬王以廷，敬酒的人手是颤抖的，王以廷的手也是颤抖的，杯里的酒洒出去了，泪水又把酒杯填满，那晚上的酒是咸的、菜是咸的、心情是咸的。旗委派来给王以廷解围的人，看到这场面被感动了，不断地说：“多少年没看到过这种融洽、亲密的干群关系了！”

是啊，对一个领导政绩、业绩、能力、道德的考核，组织部门有许多硬性指标，但是，一个单位的一把手能在离开这个单位时，和全体干部职工搂脖子抱腰喝一场亲密的酒、情牵意连的酒、难分

难舍的酒，也应该是一个考核指标，至少是个可供参考的软指标。

我认为，那个晚上王以廷不是坐着车离开水泥厂的，而是在全厂员工的泪水中漂出水泥厂的。

硝化厂以青年人为主。20世纪80年代末，年轻人的思想和行动力都很活跃，常常会有一些出格的举动，而当时的厂领导班子束手无策，任其发酵。硝化厂原厂长家里养的鸡，常被这些年轻的工人们偷吃了，养的羊也被偷着挤奶。厂里的制度无法执行，生产处于停滞状态。王以廷到硝化厂后，先了解厂里的情况，然后重新组建领导班子。可是就在他刚到任一个月左右，发生了一起安全事故。一个电工违规操作被电击昏厥，抬到厂里的卫生所，卫生所的医生医术很差，救治方法错误，给电击伤的员工打了一针强心剂，导致受伤的工人当场死亡。

厂里发生了工人死亡事故，使得厂里的气氛变得滞重，有火药味。一些青年工人连续几天在厂房、车间里放哀乐。

王以廷看到情况要向更坏的方向发展，立刻召开了全体员工大会。他说：“这个事故是怎么发生的？是电工违规操作，再加上卫生所医生违规救治。我是有责任，不过，我的责任会有人来追究我的，上级部门怎么处理我，我都承担。但是，我现在还是你们的书记、厂长，你们必须安心工作，遵守厂里的纪律，谁要借机闹事，闹事一个我就处理一个，闹事十个我就处理十个，没有工人我重新招聘。”这番话起到安抚和震慑的双重作用。

这次大会后，王以廷看到员工的情绪有些平息了，就开始抓安全生产，建立健全安全生产等各项规章制度。没过多久，厂里的组织生活、生产活动都走上了有序的轨道。

古语说：只有不会带兵的将军，没有不会打仗的士兵。

王以廷在硝化厂工作两年后，厂里的工人情绪和生产情况发生了翻天覆地的变化。一次，自治区的一位领导在阿拉善盟委领导等几个人的陪同下去银川出差，特意拐到硝化厂，对王以廷说："中午了，在你这吃顿饭再走。"王以廷就把领导们领到员工食堂，和员工们一起吃，吃着和员工一样的饭菜，只是单留出一张桌子。盟委的领导和工人聊天，工人们说："王厂长每天都是和我们一起吃食堂，他也和我们一样排队打饭。"盟委领导深有感触地说："王以廷来了，硝化厂就不一样了，厂区的环境也好了，工人们一派生机勃勃的样子。"

1994 年年初，阿拉善盟委又要把王以廷调到更重要的企业里去，就派组织部门的干部到硝化厂去组织工人的考核投票。当时，王以廷是个副科级，而调任的地方是正处级。那天，硝化厂 500 多人参加了考核大会，组织部门的干部在大会上对工人们说："我们这次来硝化厂，是考核是否提拔你们王以廷厂长的，你们对王以廷厂长是同意提拔，还是不同意提拔，在选票上打勾或画叉就行。"十分钟后，全体都把选票交了上来，竟然是全员同意。

其实，组织部门这次在硝化厂做的投票，是用了一个小手段，只让工人们画票同意或不同意提拔王以廷，没说提拔了就要王以廷离开硝化厂。

1994年4月26日，王以廷被调至阿拉善盟古拉本地区煤炭联合公司（简称“煤联公司”），任党委副书记、总经理、法定代表人。由副科级直接提拔至正处级。在王以廷到阿拉善盟古拉本地区煤炭联合公司上任前，组织部门对他进行了离任审计，审计结束后，组织部门的一个人对他说：“老王，你当书记、厂长这么些年，审计的时候怎么没发现你有吃请等项的开支。”王以廷笑着说：“从1978年到1994年这16年间，我一直在国企工作，而且都是快要破产的企业，我要是胡乱消费，工人们还能信任我吗。我不会多占一点儿厂里便宜的，这一路我是干干净净地走过来的，即使我要请有些人吃饭，也都是请到我家里吃，喝我自己买的酒。”

其实人啊，自己是自己的草原，自己也是自己的牢笼。心底无私的人，可以自由自在地在草原上驰骋；私欲贪念占据心头的人，必然是自己把自己装进牢笼。王以廷是个自由驰骋的人。

当然，王以廷是个领导者，是个成功的领导者。领导者的基本素养是：心中有爱，手中有刀。用菩萨心肠对员工，用金刚的手段来管理。用心爱时不留余力，拔刀时也不留情面。

王以廷到“煤联公司”后，尽管还是一如既往地鞠躬尽瘁，但是，“煤联公司”当时的情况要更复杂一些。公司的领导层、中层干部有许多背后有“靠山”，这些人不思进取，不守规章纪律，没人敢问，更不会有人追责。一些主要领导只听上级领导的安排，不去想企业发展和员工生活待遇，再加上当时的社会大环境、煤炭产业的处境不理想等，都让王以廷感到有劲使不出来，有想法也不能实现，像抡圆了大拳挥出去却打在了棉花包上。那个时候，看到生产不能正常进行，管理不能遵循规章，眼前的问题不能有效解决，未来的发展无法制定规划，作为总经理的王以廷是最难受的。

1994年6月，时任国家煤炭工业部副部长的濮洪九在自治区政府副主席沈淑济的陪同下到古拉本矿区调研。在调研会的现场，濮洪九副部长流着眼泪讲了一个故事，感动了全场的干部工人。他说:“我们煤炭工人是最能吃苦的，最能忍受痛苦的。有个煤炭工人，没钱买米买菜，家里的孩子饿得不行。这个工人跑到某部队养殖场的猪圈里发现有两袋玉米，就自己扛了一袋玉米回家了，被民警发现了。民警跟着这个工人到家，在院墙外听到了这个工人和媳妇的对话。这个工人的媳妇问，这玉米哪里来的？工人如实说了，并且说你赶紧给孩子们做饭吧，我自己去派出所投案自首去。这个民警听到这个对话后，赶紧先向派出所领导汇报，当这个工人来投案时，派出所对这个工人只是进行了批评教育。”濮洪九副部长还继续勉励大家，现在是改革过程中的阵痛，我们还要继续咬牙扛过去，还要继续坚持下去。

这就是当时整个煤炭企业的状况，整个煤炭企业工人的生活状况。

可是怎么办？又能怎么办？

不过，王以廷转念一想，上级领导让他来“煤联公司”，不是让他来混日子的，更不会是让他来享受清闲的，一定是早有打算，一定

是另有新的策略上的安排。濮洪九副部长不是说要改革吗，现在全国上下都在进行着改革吗。于是，他定下心、稳住气，耐心地等。

耐心，是一个成功者必备的能力。耐心，也是衡量一个人的修养程度的标尺，一个人能走多高、走多远，完全取决于修养的厚度与广度。磨炼耐心也是一种修行，真正的修行，不是在山上，不是在寺庙里，而是在芸芸众生之中。

王以廷当时在“煤联公司”，一边摸清整个生产、销售等业务的情况，一边和所有的中层干部、业务骨干交朋友。他明白，现在不是去想企业里缺少什么的时候，而是该想在现有的条件下能做些什么。王以廷这样的人，既不怕使用体力的苦，也不怕使用脑力的苦。孟子所说的“苦其心志，劳其筋骨，饿其体肤”，他都能承受。

我读到了一篇王以廷在 1995 年 8 月 7 日的讲话稿，这是他“在阿盟煤联公司清理欠款工作会议上的讲话”，从文中我看到了他急迫的心情和无奈的隐忍。虽然这篇讲话稿是通过了当时的“煤联公司”党委和领导班子讨论的，但还是明显带着王以廷的心情。我把全文录在这里，诸位不妨一读。

在阿盟煤联公司清理欠款工作会议上的讲话

在今天的清欠工作会议上，我讲四个问题。

一、进一步加强公司清欠工作。

“三角债”是改革开放条件下制约企业发展的症结所在。这里面有些企业占了便宜，因欠别人的款，占用别人资金得以发展，还搞技术改造，搞基本建设。有些人以赊购而钻了空子。公司在六年前基本无外欠货款。今天有大量的外欠货款存在，对我公司的发展造成一定影响。在应收款中，有这样几种情况：一是属于正常结算，包括信誉好的用户。二是属于销售用户中举足轻重的大用户发生困难，包钢是大用户，我们制约对方不可能，对方能制约我们。三是信誉较差的老关系，如化肥厂们，货款拖欠严重。四是属于用户供需双方因人事变动，互不负责，互相拖欠，使货款变成呆账死账。五是职工欠款多，主要有这么几种情况，有的是因常年在外出差，有的是家庭出了大事，造成生活特别困难的，有的是退休了，有的是调离了，有的是有能力而不归还，抱有幻想。至 7 月底，外欠货款 2417 万元，比 1994 年底有所下降。加上西大滩的，外欠货款共 3000 多万元。每月负担利息 60 多万元。如果经常保持这个数字，每年要白白丢掉 700 多万元。我们也欠别人的 1000 万元，占人家 120 万元。这样下来我们每年净多付利息 600 万元左右。留出在途货款，最少也得多付 300 万元的利息。

外欠货款影响我公司的生产经营，这次会议，公司上下要解决好对清欠工作的认识，清欠对公司生产经营的影响，清欠对公司发展的作用，大家都要认识清楚，今后公司上下都要重视清欠工作，抓好清欠工作。我们要从生产经营，内部管理，思想认识上不断进行调整。我们的产品是滞销还是畅销？是畅销产品，受

欢迎的产品，为什么还会有大量外欠货款？为什么还要承受经济大气候的压力？这些问题我们要研究，要弄清楚。我们要认识自己的产品，看到自己的优势，加强经营管理，在清欠工作上统一思想，统一认识，统一行动，清欠工作一定会取得好的效果。

二、加强经济意识，增强危机感、紧迫感、责任感。

知己知彼，方能百战百胜，要了解对方，清楚对方的经营方略，人事关系，企业发展状况。掌握信息很重要，利用对方的条件，见缝插针，克服畏难情绪，不怕低三下四地去做清欠工作。还要搞清我们自己的情况，做到心中有数。把我们自己的账目搞清楚。应收货款，要分工负责，责任到人。分门别类，按五种情况，该采取什么办法，就采取什么办法，该用什么手段，就用什么手段，只要能清回欠款。对于清欠提成，不要心存疑虑，按公司规定办理。清旧欠，再不能发生新欠，除了包钢清欠，由公司掌握原则，其他所有单位，一律不能发生新的欠款。哪里发生新欠款，哪里的主要领导要负经济的、行政的责任。这一点我给大家讲清楚。任何用户都必须是一手交钱，一手交货。要改变欠款正常，货款两清不正常，预付货款成怪事的不正常现象。

三、关于清欠工作的奖励办法。

提成是提供你清欠工作中的费用，而不是奖励。对清欠工作做出的成绩大，特别是对清理呆死账而有贡献的，给予重奖，发奖金，奖励晋级。清欠工作要实行责任制，明确清欠职责，签订责任状。工作不得力，思想上不重视，行动上不卖力者，对有关单位的相关人员，要及时撤换。通过有力的清欠工作，使外债降到最低限度，降到正常的范围内。

四、关于加强财务工作问题。

财务工作与清欠工作息息相关。财务工作属于公司统一管理，财务工作去年以来有很大进步，卫孝同志和李登海同志做了不少工作。全公司的财务人员素质有了一定提高，财务工作取得明显效果。也还有一些差距。希望公司上下都要重视财务工作，一定要按公司的财务规定，按新的财务制度做好财务工作。企业的经营者，财务人员必须是明白人，处于清楚、精明的状态，经营就好，如果处于糊涂的状态，经营工作就做不好。有的行政领导被糊涂的财务人员给拖了进去。有些不具备做财务工作条件的人，凭关系进入财务队伍的情况，在公司内部还有存在，这个地方不是照顾人的地方。财务对企业的经营是至关重要的。主要领导一定要重视财务，必须随时过问财务工作。促使财务人员加强学习，提高政治和业务素质。如果不适应工作，就马上撤换。或马上向公司提出，由公司决定撤换。加强财务工作，不要把自己的亲属，把不懂得业务的人放到财务工作岗位上。财务一旦失控，后果不堪设想。一定要让明白人当政。公司财务部门有权向基层单位领导提出建议，该说的话一定要说，该做的事一定要做到，有的财务人员自己不懂，给他讲了他还要胡说。在这个问题上万万不可忽视。

顺便说一下，公司决定15日召开工作会议，总结上半年工作，小结由我来作。下半年工作安排，由各分管领导讲。参加会议人

员，公司党政工领导，各职能科室正副科长、主任，各基层单位领导除留一人值班外，全部参加。

王以廷

1995 年 8 月 7 日

“清欠”大概是当时“煤联公司”的主要工作，“三角债”“五角债”甚至多角债不知拖垮了多少企业。王以廷是急当时企业之所急，想当时企业之所想。而办法也只能是上面讲话中所说那样了。“清欠”可以说是解决企业的燃眉之急，是企业可持续发展的保证，但是，不是让企业彻底摆脱困境的根本之路。面对这样一个企业，想彻底改变命运，当时唯一的出路是改制。改变管理模式，改变人事制度，改变生产经营办法。

面对当时的“煤联公司”现状，王以廷已经做好了改变企业命运的准备。

“煤联公司”在上级部门的指示下，准备改革。开了几次会，形成了文件，报送给上级部门，等待审批。终于，在 1997 年 8 月，内蒙古自治区人民政府以内政股批字〔1997〕31 号文件批复同意筹建内蒙古太西煤集团股份有限公司。

企业的改革是管理体制的改革，也是产权的改革。我问王以廷先生：“当时的体制改革，困难大吗？分了几步完成的？”他说：“1997 年开始第一次企业改制，改制主要是涉及产权。当时各地国有企业已经破产、倒闭了一大批。盟委行署当初派我去‘煤联公司’，也是考虑到我在之前的水泥厂、硝化厂这两家企业做得不错，才让我推行企业改制。改制第一步是国资控股、员工参股，1997 年 10 月 28 日，第一步改制，成立了内蒙古太西煤集团股份有限公司，在国家工商行政管理局注册域名，在自治区工商局注册企业。员工的身份是买断，员工入 1 股配 0.8 股，形成了员工的原始股。通过 1998 年、1999 年运行后，盟委、行署提出改制第二步，企业法定代表人控股，国有资产参股占 15％，员工参股。到了 2002 年，实行改制第三步，企业法定代表人控股，员工参股，国资股退出。这样，企业就完全民营化了，我一直是这个企业的法人。”

我又问：“改制后，企业用多长时间好起来的？”王以廷先生伸出右手抓了抓头发，但也轻松地说：“哎呀，当时煤炭市场十分低迷，无烟煤无人问津，末煤（煤面子）都没人要，等着下雨让雨水冲掉。由于当时好多煤矿是统配统销的矿，老百姓有钱也买不到煤，当时好多煤矿都停产、倒闭了，那时一吨煤卖一二百元也没人要。第三步改制完成后，员工的积极性得到了进一步的释放，经营措施、制度更加灵活，市场销售策略更加灵活，产量和价格也都上去了。到 2003 年以后，市场逐步好转，改制也成功了，产量、销量也上来了。”

在王以廷先生唠家常似的叙述中，我还是看到了他故意隐去了管理、生产、销售等艰难的过程。

1997 年 12 月 8 日，内蒙古太西煤集团股份有限公司创立大

会召开，这是“煤联公司”改制后的“内蒙古太西煤集团股份有限公司创立大会”，大会通过了公司章程，选举了领导机构，确定了领导成员。成立股东会、董事会、监事会。（名单在上一章已列出，此处不再重复。）

这些被选进领导班子的人，就是内蒙古太西煤集团股份公司最初的带头人。这是阿拉善盟区域内第一家运营的股份制企业。

第一次改制后，王以廷觉得自己还是组织部管理的处级干部，是公职人员，当时企业里的工人们都买断了工龄和身份，而自己的这个公职身份在企业里不合适，于是就打报告给盟委组织部，要求免去自己处级干部的公职身份。到了 2002 年，组织部门下文免去了他的公职干部的身份。

经过三次改制，完全民营化的太西煤集团股份公司变成什么样了呢？我不多说了，还是听听王以廷先生怎么说吧。2003 年 7 月 29 日阿拉善盟委召开了一次扩大会议，会上指定要王以廷做一次工作汇报。这篇讲话稿不长，我也仅是选择一段能说明情况的文字，录在这里。

至六月底（2003 年），生产太西煤 49 万吨，完成年计划的 49%，实现工业总产值 4791 万元，实现工业增加值 3850 万元，同比增长 20%。销售太西煤 51 万吨，完成年计划的 42%，同比增长 6%。实现销售收入 9175 万元，同比增长 2%。出口煤装船 5.8 万吨，出口煤创汇 290 万美元。实现利润 646 万元，基本与上年同期持平。缴纳税金1063万元，同比增长16%。安全生产情况良好，今年以来未发生重伤以上安全事故，实现安全生产。

继续深化企业改革，在实现民营化后，进一步加大了企业内部改革，改革管理体制，调整组织结构，优化人员配备，改革分配方式，健全规章制度，完善监督机制，按照既定目标，集中精力，突出重点，采取措施，狠抓落实。

今年，是太西煤集团公司的“工程年”，大规模的工程项目建设在几个方面全面展开。目前，各项在建工程正在抓紧施工，加快进度，顺利进行。

数字是硬件，最能说明问题。通过这篇汇报材料，我们可以感受到那时王以廷先生愉快的心情。稳扎稳打和大干快上并举，安全生产和只争朝夕共行。

任何一个人，都是凭借心情来做事的。心情舒畅时，做什么事都不会感觉苦和累；心情郁闷时，什么事也做不好，甚至会把事做坏。

2004年1月1日，太西煤集团股份公司召开第二届第一次股东大会暨第三届第一次职代会、工代会。选举产生新一届董事会，董事会由九人组成：董事长王以廷，成员张俊明、梁秉智、李登殿、张奭韬、张二小、赵武、邱武玉、陈大才。新一届经理班子由九人组成：总经理王以廷，副总经理王选安、梁秉智、张俊明、李登殿、张奭韬、刘洪文、赵武、张二小。工会由五人组成：主

席白真权，副主席曹秀兰，委员司俊峰、薛思银、赵江彦。

以上这些人，就是太西煤集团股份公司民营后的第一届领导班子。他们都会铭刻在内蒙古太西煤集团股份公司的发展史册里。

改制后的太西煤民营企业现在怎么样呢？我手头有一份2020年的资料，有几句带有定义性的文字，我抄写在这里吧。

内蒙古太西煤集团系自治区百强民营企业第39位，全国煤炭百强企业，中国民营企业500强，是集生产、加工、经销进出口煤炭及煤化工产品、非煤矿产品、多元合金产品、发电、酒店、旅游、生态治理于一体的跨地区、跨行业的民营股份制企业。集团现有子、分公司23家，员工近万人。截至目前，集团总资产达250亿元（含无形资产）。

全国首批"节能与循环经济示范企业"，内蒙古自治区20户重点煤炭企业，内蒙古自治区百强工业企业，阿拉善盟骨干企业，纳税大户企业，出口创汇企业。

是一家以煤、煤化、焦化、电力、冶金、建材、物流、旅游服务、产品研发等为主要经营项目的能源企业。

这些定义和数字的背后，是太西煤集团一班人的辛勤劳作，是王以廷先生深思熟虑、身体力行的操劳。

当然，这是内蒙古太西煤集团股份公司的成就，也可以说是王以廷先生的成就。我问他："您现在已经把企业做得很大了，还有什么想法吗？”他笑着说：“没什么更多的想法。我最初做企业就不是以个人赚钱为目的的，只是想把组织上交到自己手里的事情做好，让自己的良心得到安慰。我是个老党员，要向党组织有个交代。我是阿拉善培养起来的人，要为阿拉善地方政府负责，要为企业里的职工负责。这些年，我苦没少受、心没少操，但是，现在看来苦没白受、心没白操，我为保护国家的煤炭资源，为上万名员工的生活付出了应尽的努力，现在企业的发展前景很好，职工们的工作、生活情绪也很好，对此我感到非常庆幸。”他的这番话已足够说明他是怎样一个人，这几句朴实、真诚的语言有着巨大的力量。

王以廷先生的这几句话，让我想起了先哲老子说的：“上善若水。水利万物而不争，处众人之所恶，故几于道。”是啊，天下有几个人可以和水比呢？没有什么事物能比水柔软，也没有什么事物能比水刚强。看似与世无争的水，其实任何事物都无法与其争。水无处不在，水从未有过失败。“利万物而不争”是水的品德，也是圣人的品德。

我在采访原“煤联公司”支部书记李德荣时，曾问：“您和王以廷先生共过事吗？您对他的印象如何？”李德荣说：“我没和王以廷共过事，我退休了，他才调过来。不过，我们是很熟的。他这个人有责任心，有魄力，韧劲好。敢说敢干，有担当。我不如他。”

张爽韬在和我谈起王以廷先生时说：“我和王董事长认识很早，

他在水泥厂的时候我们就熟悉。他到太西煤后，这么多年，我和他很默契，我们可以开诚布公地交流想法，而且很容易达成共识。他有一套别人不具备的能力，无论遇到什么难事、急事，他都能沉得住气。他在销售和与人合作上，是先交朋友，后做生意。他在企业用人上非常有魄力，只看本事大小，不看资历、背景等。”我问了一下张爽韬的年龄，知道快到退休的年纪了，我问他：“到退休的年龄了，是选择继续在太西煤干，还是选择回家休息？”他说：“如果太西煤集团需要我，我会继续干下去。人一辈子不就是想跟着舒服的人，干些舒服的事吗。”

好了，我现在知道太西煤集团，为什么能在并不长的时间里迅猛发展成今天这个规模了。聚人心，聚干劲。而能聚人心、干劲的人，就是集团的带头人——王以廷。

子曰：“苟志于仁矣，无恶也。”

孔子说：人一旦有了高尚品格，树立了崇高的理想，就不会去为非作歹了。

一个单位的作风、性格、形象，就是单位一把手的作风、性格、形象，这个判断基本准确。

现在内蒙古太西煤集团设有 15 个中层职能部门，20 家分公司。这些子公司都在哪儿？在做什么？

下一章，我就介绍这几家分公司，看看这些分公司都有什么故事。

第六章 有效分蘖

分蘖，是禾本科等植物在地面以下或接近地面处所发生的分枝。产生于比较膨大而贮有丰富养料的分蘖节上。

我介绍太西煤集团的几家子公司，是想说明现在的太西煤集团确实做得很大、很强，对社会发展很有益。

当然，所有的强大，都是从筚路蓝缕的艰难跋涉中来，都有步履蹒跚的过程。其实，就在眼下，太西煤集团仍在艰难跋涉中。

我先说几句什么是集团公司吧。所谓集团公司，是为了一定的目的组织起来共同行动的团体公司，是指以资本为主要联结纽带，以母子公司为主体，以集团章程为共同行为规范的，由母公司、子公司、参股公司及其他成员共同组成的企业法人联合体。一般意义上的集团公司，是指拥有众多生产、经营机构的大型公司。它　般都经营着规模庞大的资产，管辖着众多的生产经营单位，并且在许多其他企业中拥有自己的权益。

内蒙古太西煤集团股份公司，就是这样的集团股份公司。它拥有的 20 家子公司，都是企业法人的联合体。

我曾两次到“太西煤集团”的兰山煤业有限责任公司和兴泰煤化有限责任公司参观、座谈。

兰山煤业有限责任公司是内蒙古太西煤集团股份有限公司的控股子公司，是集团公司的核心企业之一。公司位于内蒙古阿拉善左旗宗别立镇，成立于 2006 年 3 月，目前兰山煤业公司拥有员工 400 余人，加上兰山煤业公司安全监管的施工人员 4000 多人，一共 5000 多人。换句话说是这样：由于古拉本矿区长期以来面临火灾等各项安全隐患，为了更好地开展矿区灭火和矿区环境治理工作，挽救和保护宝贵的太西无烟煤资源，2006 年 3 月，兰山煤业公司成立了。每年长期在矿区参与灭火等施工的人员约为 5000

余人，直接带动就业5000余人，间接带动地方就业上万人，每年给当地政府上缴税收7亿~8亿元，为地方经济发展做出了应有的贡献。

2021年3月8日，我到兰山煤业公司和他们领导班子座谈，这些领导都穿着工作服，听说有两位是从工程、工地现场赶回来的，让我觉得很难堪。我只是来了解一下公司的灭火及运营情况，不想耽误他们的工作，但是，他们对我的到来竟然这么重视。兰山公司的许书记说："还有一位刘总，在灭火现场，一会儿也会回来。"她这一句更让我有犯罪感。过了一会儿，那位刘总果然风尘仆仆地回来了。

现在兰山公司的主要工作是灭火。矿区的火已经燃烧了近200年，一直在灭，一直没有彻底灭掉。为了灭火，公司已经停止对煤炭的开采。那位刘总是负责灭火的带头人，他和我讲起灭火的工作进程时，一脸的无奈和痛苦。灭火不仅是兰山公司的头等大事、主要工作，也是太西煤集团的头等大事、主要工作。有关灭火的事情，后面我要设专章讲。

我和兰山公司的领导班子聊了一上午，中午就在他们公司的食堂吃饭。

一桌家常菜，一盆大包子。我说是大包子，是这包子有我的拳头那么大。许书记说："商老师，您尝尝这包子，是我们公司的秘方做的。"我拿起一个包子咬了一口，真的好吃！我笑着问："咱们煤炭公司还开发做包子的秘方？"在桌的人都哈哈大笑起来。许书记说:“我妹妹开了一家包子铺，生意很好，顾客都说包子好吃。我就让我们食堂的师傅去学，回来给我们职工做着吃，职工们都很喜欢吃。”我一听，心里热了好一阵。这就是以企业为家，以职工为亲人。这样的企业一定会干出大成绩来，没有什么理由可怀疑。

我毫不客气，一连吃了三个包子。那一顿午餐我吃撑了，不过，现在什么时候想起那顿午餐，什么时候就会有饥饿感。吃到好的食物像遇到好的人，一次就终生难忘。

兰山公司所在地古拉本地区是内蒙古自治区太西无烟煤的出口基地，保有资源储量2亿多吨，远景储量6亿～8亿吨。所属范围二道岭矿区立新井田内现有3座整合技改矿井，井工开采、设计生产能力均为90万吨/年（别立沟煤矿、哈沙图煤矿、长沟煤矿）；汝箕沟矿区大岭井田现有1座整合技改矿井，露天开采，设计生产能力120万吨/年（古拉本煤矿）；拥有3×500千瓦瓦斯发电厂1座、150万吨/年洗煤厂1座。

太西无烟煤具有独特的优良品质，是世界少有、中国仅有的煤炭珍品，独具“三低六高”的特点，即低灰、低磷、低硫、高发热量、高比电阻、高块煤率、高机械强度、高化学活性、高精煤产率，被誉为“煤中之王”。产品远销比利时、法国、德国、荷兰、英国、日本以及中国香港等十几个国家和地区。“兰山”牌太西无烟煤在俄罗斯伊尔库茨克国际展览会上荣获国际质量金像奖，获得过自治区用户满意产品和全国用户满意产品等荣誉称号，其

商标“兰山牌”太西无烟煤是自治区级名牌产品、著名商标。

兰山煤业公司大力实施“矿山整治、矿山复绿”工程，对矿区采空区进行灾害综合治理，将彻底消除采空区水、火、瓦斯等灾害，对于改善矿区煤矿安全生产条件、减少和消除其对周边生态环境破坏、防止水土流失、保护宝贵煤炭资源、回收压覆煤炭资源、安全开采深部煤炭资源，有着重要的现实意义和长远的社会意义。公司还有效实施煤层气瓦斯综合利用，现已建成 3×500 千瓦低浓度瓦斯发电厂，年发电量近 800 万度，发电余热用于生活采暖，节能环保效果极其显著，下一步将按规划改扩建 6×500 千瓦瓦斯发电厂。

近年来，兰山煤业公司紧紧围绕国家深化供给侧结构性改革要求，坚持推进企业转型升级，大力发展煤化工，以煤为主多元发展，清洁生产，形成“煤—煤化工—余热发电—废气—废水—废渣”综合利用的循环产业链条。“兰山”牌煤基活性炭商标是享誉中国的驰名商标。

未来，兰山煤业公司将建成以太西煤开采、洗选、加工活性炭、低浓度的矿井瓦斯发电、深部煤层气加工为 CNG（气态）和 LNG（液化）、利用煤矸石发电、用煤泥生产煤球、电厂粉煤灰用于矿井采空区膏体充填或生产高温高压粉煤灰砖、矿区环境治理及企业文化等项目相融的新型工业园。

兰山煤业公司是太西煤集团最早起家的企业，也是最核心的企业，也是太西煤集团销售收入、利润和现金流最主要的来源。

在兰山公司吃过午饭，带我去座谈的太西煤集团党委副书记张玉清女士说：“咱们下午到兴泰公司去，和他们聊聊吧。”我说：“好啊。”

2020 年 5 月，我曾到兴泰公司的活性炭展示厅参观过。活性炭这种大量用于环保处理的产品，是当下的热门。过去，我所知道的活性炭都是从日本进口的，到了兴泰公司才知道，日本的活性炭很多都是从兴泰公司进口的。

所谓活性炭，是由木质、煤质和石油焦等含碳的原料经热解、活化加工制备而成，具有发达的孔隙结构、较大的表面积和丰富的表面化学基团，是特异性吸附能力较强的炭材料的统称。

因为活性炭有极强的吸附能力，现在被广泛地使用在各个领域。日常生活中常见的净水器、空气净化器等，其功效主要依靠活性炭发挥作用。我还看到日本产的一种香烟，过滤嘴里夹着一些活性炭颗粒。

在与兴泰公司的领导座谈时，才知道日本基本不生产活性炭，只是加工。20 世纪 90 年代，日本在宁夏成立了两个合资公司，加工活性炭。这两家日本公司从兴泰公司等进货，然后精加工，加工好后运回日本，在港口上换包装、贴商标，再运回中国卖掉。从兴泰公司进货时是四千元左右一吨，日本企业加工后卖到咱们国内是三四万元一吨。我们吃了不能精加工的亏。现在兴泰公司活性炭的精加工、深加工只比日本的成品好，不会比日本公司的成品差。自然，那两家日本公司也早就撤走了。

兴泰公司的活性炭生产规模是亚洲最大的之一，生产原料主要是依托太西无烟煤。活性炭仅是兴泰公司的产品之一，他们的其他产品的生产能力在太西煤集团也占有重要的位置。

为更好地延伸太西无烟煤的产业链，提高太西无烟煤深加工产品的价值，形成“煤—煤化工—余热发电—废汽—废水—废渣”综合利用的循环产业链条，2004 年 9 月，兴泰煤化公司成立了。

兴泰煤化有限责任公司是内蒙古太西煤集团控股子公司，注册资本 1 亿元，现有员工 500 多人。目前各项生产的产能为：原煤洗选 60 万吨 / 年、活性炭（活性焦）5 万吨 / 年、炭素 6 万吨 / 年、动力车间装机容量 3×6 兆瓦。园区是以集团公司无烟煤生产基地为依托，通过重介洗煤初选车间洗选后，进入炭素车间和活性炭车间，分别加工出高档的电煅料、普煅料和活性炭（活性焦）等产品；尾煤、煤泥、矸石、中煤直接输送到动力车间生产蒸汽，余热用来发电和供应工业园区采暖。整个过程形成了“煤—煤化工—余热发电—废气—废水—废渣”综合利用的循环产业链条，完全符合国家关于建设节约型社会、发展循环工业经济产业的政策和各项环保法规。

公司主导产品煤基活性炭 / 焦，分 6 大类 50 余种，主要应用于空气净化、溶剂回收、生活饮用水深度净化处理、污水处理、水污染应急处理、人防军工专用、烟气脱硫脱硝等重点领域；公司生产的活性焦产品质量稳定，强度、脱硫值等多项关键性能指标均高于国内同类产品，2019 年在钢铁行业合作中同类产品综合性能评估排名第一；生活饮用水深度净化活性炭主要合作客户有国内排名前列的深圳水务、粤海水务，产品质量得到合作客户高度认可，并在珠三角、长三角地区大量推广，目前国内1.5毫米柱状净水活性炭自来水厂装填量国内排名第一；同时公司生产的各类活性炭产品持续出口美国第一大活性炭公司卡尔岗和欧洲最大活性炭贸易公司卡博特，部分活性炭产品直销日本、韩国等亚洲国家。

公司三个管理体系于2006年7月全部顺利通过认证；活性炭产品分别于2010年荣获内蒙古自治区"用户满意产品"称号、2012年荣获内蒙古自治区"著名商标"称号、2015年荣获"国家驰名"商标称号、2019年荣获中国质量新闻网"质量先锋"称号等。

兴泰煤化公司的成立，不仅是太西煤集团在探索循环经济产业的尝试和实践，为太西煤集团未来转型升级发展走出了一条绿色、环保、合理、高效的路径，而且作为阿拉善乃至整个内蒙古地区环保产业的优秀代表，为提升地方产业等级和层次，改善人们对煤炭产业傻、大、笨、粗等偏见印象起到了很好的促进作用。

我三次到过阿拉善，但是，都是到的阿拉善左旗。阿拉善有三个旗，即左旗、右旗、额济纳旗。阿拉善右旗那个地方有怎样的风光？额济纳地区有什么风景？我迟早会去探个究竟，可是，现在我先用文字去阿拉善右旗走一圈，去阿拉善右旗太西煤集团的子公司常山多元合金公司走一圈。

我曾和太西煤集团的一位高管聊天，我问:“咱们集团在阿拉善右旗的子公司挣钱吗?”他说:“现在不挣钱，集团每年还要贴补他们很多。”我继续问:“为什么?”他答:“因为我们自己的发电厂要为右旗地区供暖，自己的电量就不能满足生产了。不过，在4月中旬停止供暖的时候，企业的生产会恢复正常。”接着他又说了一些我听不懂的事。什么自己发的电不能并入国家电网，但每使用一度自己发的电，国家电网还要加收二分钱啊，什么发电的燃料涨价啊，各项成本难以控制啊，等等。我听不明白的事，也写不明白，还是老老实实地引用材料吧。

常山多元合金有限公司是内蒙古太西煤集团全资子公司，成立于2004年，拥有资产13亿元，是一个以多元合金为龙头，集煤炭、发电、供热、冶金为一体的环保型循环经济实体企业，现有员工400余人。公司建有8台12500千伏安矿热炉，可生产硅铁、硅锰、铬铁等铁合金，具备年产10万吨铁合金的生产能力，产品以其独特的品质畅销国内大型钢厂和铸造企业，在华南、华北等地区享有很高的声誉。公司建有2×50兆瓦热电联产机组，可满足铁合金生产和园区生活用电，并承担着向阿右旗旗府所在地的机关、企事业单位和居民集中供热任务。公司建有60万吨长焰煤矿井，长焰煤具有低灰、低硫等特点。

公司按照国家环境、安全、职业卫生、质量、能源等法律法规和标准的要求，建立了管理体系，取得了国家体系认证机构的审核认证。企业标准体系通过了国家标准化管理部门的验收审核，取得了“AAA”级标准化确认。荣获“全区模范劳动关系和谐单位”“全盟先进基层党组织”“全国模范职工之家”“全区十佳民营企业模范职工之家”“全盟优秀民营企业”“全盟非公有制企业双强六好党组织”等多项重要荣誉称号。作为阿拉善的本土骨干企业，为更好地开发利用阿拉善右旗的地方资源，大力发展区域经济，继续为地方经济、社会发展做出应有的贡献。

由于阿拉善右旗地处偏远地区，全旗人口仅为 2 万余人，城区人口仅为 1 万余人。常山多元合金公司的成立，一举改变了当地没有大型工业企业的现状。自 2004 年常山多元合金公司成立以来，太西煤集团累计投入约 14 亿元，建成了一个以多元合金为龙头，集煤炭、发电、供热、冶金为一体的环保型循环经济产业链，但太西煤集团从未要求常山多元合金公司上缴一分钱的利润，所有产生的利润都继续投入到企业扩大再生产和支持地方的民生服务事业中。

此外，由于市场等多方面原因，近几年常山多元合金公司亏损严重，太西煤集团每年还向常山多元合金公司补助资金约 4000 万元，在保障常山多元合金公司正常运转的同时，更重要的是保障了阿右旗城区 1 万多居民的冬季供暖，为民生事业做出了贡献。太西煤集团作为一个民营企业，全力以赴尽到了企业的社会责任。

我看明白了，常山多元合金公司不仅是一家工业生产的公司，还是为阿拉善右旗义务供暖的公司。

我在阿拉善左旗的时候，有那么几天和太西煤集团子公司金

昌鑫华焦化有限公司的总经理小刘常在一起。我叫他小刘，不仅是因为他只有40岁出头，更重要的是他一脸的朝气、一身的青春劲儿。他喜欢抽雪茄烟，我喜欢抽“三五”牌烟，我俩有时互换着烟抽，聊天南地北的闲话。小刘为人随和，看上去慈眉善目，但是，却是一个说话、做事极为精细、认真的人。应该属于“外松内紧，静中有动”的类型。

当我问到金昌鑫华焦化有限公司时，小刘顿时眉飞色舞、充满自豪地讲了起来。他从金昌鑫华焦化有限公司的外部环境，讲到职工食堂，讲得喜形于色。当然，我也会问生产和经营。他说：“眼下还有些困难，但是很快就会过去，不久就会好起来的。”随后就对我说：“欢迎商老师到我们公司去参观啊。”我也礼貌加戏谑地说：“好，有机会，一定去看看你的治下。”

太西煤集团为大力发展以甘肃金昌、武威和阿拉善右旗为主的区域经济，有效利用金昌市排空车皮的运输优势，2008年7月，在金昌国家经济技术开发区河西堡镇化工循环经济产业园成立了金昌鑫华焦化有限公司。

内蒙古太西煤集团金昌鑫华焦化有限责任公司是内蒙古太西煤集团的全资子公司，是甘肃境内最大的独立焦化企业，现有员工800多人。

一期工程150万吨/年，捣固焦及配套300万吨/年，重介洗煤项目于2010年4月开工建设，2012年9月建成投产，项目完成投资19亿元，2016年通过环保整体验收，取得排污许可证、安全许可证等相关证件，2019 年 7 月通过工信部行业准入，现有员工 750 人。兰新铁路、312 国道、212 省道、金永高速在这里交会，集团修建的金阿铁路贯穿厂区，拥有极其便利的交通条件。项目年可生产焦炭 150 万吨，副产焦油 8 万吨、焦炉煤气 12 亿立方米、硫铵 2 万吨、粗苯 2 万吨、硫黄 1600 吨，产品远销华东、西南、西北等地。

公司近5年来营业收入位居“甘肃省民营企业营业收入50强”第 19 名，先后荣获甘肃省总工会模范职工之家、全国安康杯竞赛优胜单位、甘肃省“安康杯”竞赛示范单位、甘肃省五一劳动奖章、中华全国总工会“全国模范职工之家”“甘肃省厂务公开民主管理”先进单位等荣誉。

我在和王以廷先生聊天时，心里曾暗想过：“王以廷这样有情有义、知恩报恩的人，太西煤集团应该去民勤县投资了吧。”后来，我翻阅太西煤集团的资料得知，太西煤集团在改制成民营不久就已经投资甘肃民勤县了。

为打通资源向外输送和连通的通道，大力发展以甘肃金昌、武威和阿拉善右旗为主的区域经济，也是王以廷先生为了回报家乡，促进家乡经济社会发展，2003 年 6 月 13 日，民勤实业公司在甘肃省民勤县注册成立。

民勤实业有限公司是内蒙古太西煤集团控股子公司，注册资金 5 亿元人民币，现有员工 700 多人。截至 2020 年，公司总资产达25亿元。公司开发的红沙岗矿区位于甘肃省武威市民勤县西部，

金昌市北部，矿区南北长约15.5公里，东西倾斜宽2～6公里，面积约46平方公里，探明煤炭储量约4亿吨，可采储量3.2亿吨，伴生的有益矸石油页岩，储量6.5亿吨，具有较高的工业开发利用价值。

红沙岗煤矿分为一号、二号矿（井），采矿权均已取得，证照齐全。一号井设计年产240万吨，煤炭储量1.7亿吨，立井单水平开拓，地面标高1466米，井筒深度730米，服务年限42年；二号井设计年产150万吨，煤炭储量1.4亿吨，斜井双水平开拓，地面标高1400米，服务年限50年，现已建成投产。矿井开采方式均为走向长壁一次采全高综合机械化采煤方式。

红沙岗矿区以实现资源综合利用、建设符合循环经济特点的生态工业园区为目标，打造多条以煤炭和其他非煤矿产资源转化升值为基础、纵深发展的环保型循环经济产业链。矿区开发建设的总体思路是：以煤为主，循环利用，转化升值，突出效益，大力发展煤炭、煤化工、电力、热力、石墨、建材工业，力争把煤炭做大，把煤电做强，把煤化工做深做精，形成高度关联的产业链和产业群，建设互为依托、循环利用的生态工业园区。最终将形成煤及煤电化产品与非煤矿产品协调发展的格局，成为河西地区重要的煤电化产业基地。

公司生产的长焰煤主要向周边的金昌、武威电厂供应，一举改变了河西走廊地区没有大型煤矿企业的现状，对保障周边地区电厂煤炭供应、降低电厂煤炭采购成本具有重要的意义和作用。

公司自成立以来，先后荣获“国家绿色矿山”“共青团中央青年就业创业见习基地”“甘肃省工人先锋号”“甘肃省煤矿安全文化建设示范企业”“甘肃省履行社会责任示范单位”“武威市厂务公开民主管理先进单位”“武威市级青年文明号”“诚信守法企业”“纳税先进单位”“信贷诚信企业”“精神文明建设工作先进单位”“文明单位标兵”“工业强县先进集体”“统战工作先进集体”等各级荣誉称号。

关于太西煤集团是怎样决定投资民勤县、创建子公司，我看到了一份王以廷先生在民勤县一个会议上的讲话。他像唠家常一样说出了自己的心声。我摘录几段吧。

“说句心里话，人是家乡的亲，土是家乡的热，谁不愿为家乡的发展贡献力量。这是我由来已久的衷肠，并已付诸行动，将来一定要有实实在在的效果。

“我作为一个走出去的民勤人，亲身感受了 50 年来家乡经济发展的历程，饱尝过家乡贫穷的滋味，也深知家乡人民盼望富裕的心情。几十年来，我在交通运输、建材、化工等多个行业工作过，最后落脚到煤炭行业，在从事这些行业的过程中受过累、吃过苦，但总算在今天有了一点点成就，这些成就归功于党的政策，归功于员工的精诚团结和努力工作，归功于包括家乡人民在内的广大客户对公司的信任和厚爱。现在我们实施新的发展战略，谋求公司更大的发展，很重要的一个方面就是以卓越的业绩回报员工、回报客户、回报社会。

“我一直在思考着这样一个问题，作为民勤人的后代，作为一步一个脚印走到今天的企业掌舵人，能为保护和改善家乡的生态环境做点什么？出于这种责任意识，我曾翻来覆去琢磨过许多事情，并进行积极的尝试和探索，但是，最终还是回归到我的本行。2003 年，我在公司董事会上提出了投资开发民勤红沙岗煤炭资源的想法，经过大量的考察和多次调查之后，形成了公司决议。投资开发红沙岗矿区煤炭资源，使我做大、做强、做精、做深煤炭行业和煤化工产业的目标得以实现，也使我多年来立志发展家乡经济、回报家乡人民的夙愿得以实现。”

介绍了太西煤集团在甘肃民勤县的子公司，我就想介绍一下民勤金阿铁路有限责任公司，因为这是专为民勤红沙岗矿区修的一条铁路。不久前，我还看到了这条铁路的规划蓝图，太西煤集团要把这条铁路继续延长，北与蒙古国的口岸相连，南与阿拉善吉兰泰车站相接。形成连接甘肃、内蒙古多地的运输专线。我们都应该有一个共识：投资修铁路，是把企业打造成百年企业的基础条件。

内蒙古太西煤集团民勤金阿铁路有限责任公司是内蒙古太西煤集团公司的全资子公司，2009 年 5 月 22 日在甘肃省民勤县红沙岗镇注册成立，负责金阿铁路专用线及太西煤集团金昌物流中心项目的建设和运营。现有员工 100 余人。

金阿铁路专用线金昌至红沙岗段从兰新铁路金昌站西咽喉接轨引出，经金昌市河西堡、宁远堡、双湾镇至武威市民勤县红沙岗矿区，全长 102.55 公里，投资 112658.51 万元。铁路等级为工企Ⅰ级，单线，内燃牵引，牵引质量 4000 吨。年运输能力近期 500 万吨、远期 900 万吨、远景 2000 万吨。

内蒙古太西煤集团金昌物流中心项目，位于河西堡化工循环经济产业园规划区西南面，占地面积 3957 亩。设计货物吞吐量近期（2025 年）3000 万吨、远期（2035 年）5000 万吨。该项目分三期建成，总投资 129000 万元，一期工程园区铁路物流专用线全长 13.8 公里，投资 2.5 亿元。运输方式以铁路运输为主、公路运输为辅。吞吐货物以煤炭及其制品为主，兼营其他资源性矿产品。

金阿铁路专用线、内蒙古太西煤集团金昌物流中心专用线，于 2014 年 11 月 20 日与全国铁路站点开通铁路货运业务。自开通铁路货运业务以来，金阿铁路公司积极探索由传统铁路承运人向综合物流服务商转型，延伸拓展铁路运输业务链条，目前已开展装卸、掺配、仓储（集垛、测温、喷淋、安全监控）、抑尘、计量等煤炭物流服务。2019 年通过金阿线及金昌物流中心专用线发送货物 85.16 万吨、到达货物 12.45 万吨，铁路运输总量 97.61 万吨。

既然能有铁路专线，一定会有物流公司。果然，经翻阅资料，查到太西煤集团确有一个物流子公司：太豪国际物流公司。不过，这个国际物流公司属地在额济纳。哦，额济纳，我没去过，听说那里的胡杨是全国最好看的。但是，我对额济纳的历史遗址黑水城很熟悉，对居延海很熟悉，当然是在史书、资料上熟悉的。

内蒙古太豪国际物流有限公司属于内蒙古太西煤集团股份有

限公司的全资子公司，成立于2008年5月27日，注册资本5000万元。主要经营进出口相关业务、道路货物运输、煤炭仓储装卸、加工、包装、配送、餐饮、住宿等业务。公司在中蒙交界策克口岸建有占地65公顷的综合物流园区，在额济纳旗建有建筑面积3.7万平方米的四星级国际酒店——太豪国际酒店。现有员工300余人。

太豪国际物流公司依托策克口岸进口煤炭集散地的区域优势和额济纳旗的特色旅游优势，不断创新，锐意进取，企业规模和经营业绩取得了长足的发展，年进口原煤能力达到250万吨，煤炭洗选能力达200万吨。近年来，公司在当地固定资产投入6.2亿元、上缴税费7亿元，为当地经济发展做出了突出的贡献，多次受到当地党委、政府的表彰奖励。

公司连续多年获得额济纳旗“突出贡献企业”奖。2011年，公司工会被自治区总工会授予“全区示范化企业工会”称号。2014年，公司运输队被中华全国总工会评为全国“工人先锋号”。2015年，公司工会被中华全国总工会评为“模范职工之家”。2015年，公司被中共阿拉善盟委员会、阿拉善盟行署评为盟级“文明单位”，公司党支部被盟、旗两级委员会授予“先进党组织”称号。2016年，公司被自治区总工会和文明办评为全区第十届“职工职业道德建设先进单位”。同年，公司工会被全国厂务公开协调小组评为“全国厂务公开民主管理工作先进单位”。公司法定代表人张海东先后荣获额济纳旗“优秀企业家”、阿拉善盟“十大杰出青年”、首届“阿拉善英才”、阿拉善盟优秀共产党员、盟级五一劳动奖章、“内蒙古自治区知识型职工标兵”、内蒙古自治区“最具爱心个人”、第五至第七届“中国杰出企业教育人物”等荣誉。4名职工被评为旗级劳模，2名党员被评为盟级优秀共产党员。

所谓集团公司，一定会跨行业、跨地区建有子公司。太西煤集团就在甘肃武威设有一家子公司，是生产混凝土的。这个子公司的名字叫甘肃太西商品混凝土有限责任公司。

甘肃太西商品混凝土有限责任公司成立于2011年4月，隶属于内蒙古太西煤集团股份有限公司，是武威市重点招商引资企业，地址位于武威市凉州区怀安乡二十里村，现有固定资产5255多万元，员工50人，办公、后勤设施完善，设置6个职能部门，配备混凝土运输车辆12台、泵车5台，HZS180预拌混凝土搅拌生产线2条，理论生产量可达60万立方米/年，公司在2012年5月被甘肃省住建厅认定为建筑专业承包及试验室三级资质企业。所生产混凝土主要供应武威市地区大中型建筑企业、路桥公司等，占有武威市凉州区市场份额的5%。随着公司生产能力的不断提高，公司产品受到广大客户一致好评。2012—2019年公司生产销售混凝土110万立方米，实现产值35467万元，上缴税金2437万元，经济效益和社会效益显著，被武威市凉州区政府评为“工业强区”及“纳税”双先企业。

我冒充一下植物学家，解释一下分蘖吧。分蘖，是禾本科等植物在地面以下或接近地面处所发生的分枝。产生于比较膨大而

贮有丰富养料的分蘖节上。直接从主茎基部分蘖节上发出的称一级分蘖，在一级分蘖基部又可产生新的分蘖芽和不定根，形成次二级分蘖。在条件良好的情况下，可以形成第三级、第四级分蘖。能抽穗结实的分蘖称为有效分蘖。

好了，关于太西煤集团的另一些子公司，我就不再介绍了。抄资料，我也觉得乏味。不过，我介绍太西煤集团的几家子公司，是想说明现在的太西煤集团确实做得很大、很强，对社会发展很有益。

所有的强大，都是从筚路蓝缕的艰难跋涉中来，都有步履蹒跚的过程。其实，就在眼下，太西煤集团仍在艰难跋涉中，因为，矿区灭火是他们当前工作的重中之重。

下一章，我就来谈谈太西煤集团灭火的事吧。

第七章

谁有芭蕉扇

太西煤集团股份公司遭遇的火，是在煤田矿区里燃烧了300年的火。这些火，每年要无端地消耗掉国家的许多宝贵资源，还直接威胁着人的财产和生命的安全。

300年来，地方政府和矿区工人一直在不屈不挠地灭火，火也不屈不挠、大大方方地燃烧着。

井下灭火非常危险，要有专业能力，还要很专心。井下灭火，要像搬鸡蛋一样小心。

“火啊，你究竟是良善之辈，还是邪恶之徒！”

“铁扇公主，您的芭蕉扇能借太西煤集团用用吗？”

天下最大的火，大概就是《西游记》中记载的“火焰山”的火了。毫无疑问，这座“火焰山”是佛祖故意设置的，是为了考验唐僧师徒取经的心志是否坚定出的一道考试题，是唐僧师徒九九八十一难中的一难。“火焰山”的火有多凶猛？多强大？神通广大的孙悟空已经束手无策，天兵天将也束手无策。最后，逼得孙悟空不得不使用下作手段，钻到铁扇公主的肚子里。能灭火焰山之火的唯一工具，是铁扇公主的芭蕉扇。

如果有坚定取经的意志，再大的火也一定会被灭掉，想取真经、得正果，经受各种磨难也是必修课。常识是：所有的成功都是从苦难中走来的。火灭了，唐僧师徒最后取到了真经，各自脱俗成佛。

地球上的火势从何而来？最初的火，应该是“天火”。科学家考证，是雷击树木导致起火。后来远古人发现了火的妙处，开始保留火种并使用火。恩格斯在《反杜林论》中说，火的使用“第一次使人支配了一种自然力，从而最终把人同动物界分开”。

可以这样判定，远古人懂得使用火，使人类加速了进化，才有了真正的人类文明。

但是，任何事物都有两面性。天下没有绝对好或绝对坏的事物。

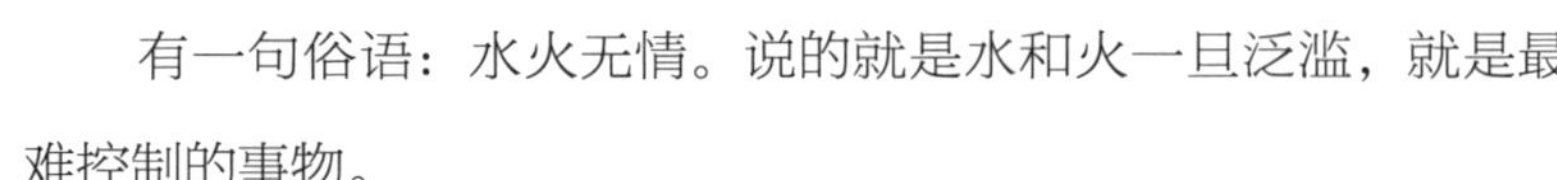

有一句俗语：水火无情。说的就是水和火一旦泛滥，就是最难控制的事物。

我曾写过一首短诗："依水而居 / 用火取食 / 火离不开水 / 人就生活在水火之间。"

我们伟大的中医，用几千年的时间来研究怎么去掉人身体里各个部位的"火"。有些"火"，药到"火"去，但要不了多久，身体里的"火"还是"春风吹又生"。

一句话，无法控制的火，是恶魔。

太西煤集团股份公司遭遇的火，是在煤田矿区里燃烧了 300 年的火。这些火，每年要无端地消耗掉国家的许多宝贵资源，还直接威胁着人的财产和生命的安全。这个火，真比《西游记》中火焰山的火还难熄灭。我看到《新华每日电讯》2021 年 2 月 4 日的一篇文章，题目是《被烧伤的贺兰山》，文中有这样几句："据估算，火区每年烧损太西煤量约 115 万吨，直接经济损失约 10 亿元。按目前火势发展预测，50 年后，汝箕沟矿区保有的太西煤可能燃烧殆尽。"文中提到的汝箕沟与太西煤集团矿区的古拉本沟是一条沟的两段，更是同一块煤田。古拉本沟煤田的火，不比汝箕沟的起火面积小，不比汝箕沟的火势弱。

可怕，真是可怕！痛心，真是痛心！

天下真有扑不灭的火？

我们追溯一下或者想象一下，太西煤田矿区的火最初是怎么被引燃的吧。

阿拉善的吉兰泰地区有盐湖，汉朝把丝绸之路打通后，内蒙古地区就有一条“草原丝绸之路”，吉兰泰到宁夏河套地区的路，是“草原丝绸之路”的一段。驼队或马帮把吉兰泰的盐运到河套地区，再把棉布、丝绸、瓷器、金属器皿、茶叶等运回内蒙古。这条路是内蒙古与中原的连接线，是内蒙古地区的生命之路、生产之路、生活之路。到 20 世纪 70 年代，这条路上仍然是驼队和马帮充当运输主力。后来有了公路，骆驼队和马队才退出运输的历史舞台。

大约是清朝中期的冬天，一队马帮或驼队装载着盐走在去往宁夏河套地区的路上，他们走到古拉本沟时，又饥又冷，而裸露在外的煤帮助了他们。他们捡来一些煤堆在一起，点起火，一边煮食物，一边取暖。吃饱喝足，身体也暖了，起身继续往前走。那些没有燃尽的煤留了下来。这些带着火的煤块有的滚到沟里，把另外一些煤引燃。这些煤就这样慢慢地燃烧着，一场雪或一场雨把表面的火熄灭了，深处的火在继续燃烧。后来，也进行了人工灭火，但灭的依然是表面的火。火沿着煤层越燃越深，面积越燃越大。

到了 20 世纪 70 年代末、80 年代初，小煤窑蜂起，一些小煤窑发生瓦斯爆炸事故后，直接把小煤窑填埋了，但是窑里的火没有彻底熄灭，还在不紧不慢地燃烧。现在煤矿里的火，已经燃烧到地下 1000 米左右。

300 年来，地方政府和矿区工人一直在不屈不挠地灭火，火

也不屈不挠、大大方方地燃烧着。

我在2021年3月7日采访原“煤联公司”的总经理李德荣时，他就这样对我说：“我辞去总经理的原因，是井下的火灭不掉，我看着害怕呀。火就这么烧着，会一口井、一口井地烧掉，工人的生命随时都处在危险之中，生产也不能正常进行。我这个总经理的责任大啊，万一出大事儿，怎么办？我越想越害怕，所以就提出辞去总经理的职务。”我能理解李德荣先生的心情，但是我还是追问了几句：“您当时没想办法灭火吗？”“天天想啊！有一天半夜，矿上人来到我家敲门，我听到门响，就知道准是井下的火着大了。因为，不是井下出大事儿，矿上的人不会半夜来敲我家的门。当来的人告诉我井下的火情时，我立刻写了一张纸条给他，让他连夜赶到银川去向一个专业灭火的队伍求救。第二天中午，银川的灭火队伍来了，开始钻孔、灌浆，折腾了十几天，火势才有所控制，但是并没有彻底灭掉。白天我参加灭火，晚上我就围着火转圈，一天夜里终于坚持不住了，我就跪在火面前，面向西祈祷。那些天，根本睡不着觉，有劲也使不上。最后，我软弱了，提出辞去总经理的职务。直到上级批准我辞去职务后，我才能睡觉。现在想起来当时的情况，浑身都会哆嗦啊。”这个85岁高龄的老汉，讲起这些灭火的事时，脸憋得通红，眼里一直含着一滴泪。不知是因为没能彻底灭火而懊丧，还是为他当时的脆弱而后悔。

和李德荣老汉告别的时候，我送他到房间门口，他向前走了几步，就伸出右手去擦眼睛。

矿井下的火，把当年一个英姿勃发的强壮汉子，逼得不敢再工作了，逼得现在已经成为老汉了，依然对当初的自己痛恨不已。

其实，从另一个角度去看，李德荣先生太善良了，人过于善良就会软弱。

王以廷先生曾和我讲过李德荣先生的一个故事。

20 世纪 80 年代初期，一个冬天，李德荣晚上去矿上察看工作情况，走到矿区大门口，发现一个工人扛着一根枕木往外走，李德荣看到后马上把带耳朵的棉帽子扭了九十度，让帽耳朵遮住脸，那位工人也看到了他，同时发现李经理用帽耳朵把脸遮住，就明白了，赶紧扛着枕木一溜小跑溜掉了。后来，在李德荣退休以后，有人问起这件事儿是不是真的，李德荣说："是真的。当时我要是看到了就要管，就要处理他。小处理则罚款，大处理就要开除。怎么罚他款？他有钱就不会干这事儿了；开除他？他一家老小怎么办？再说，他生活不困难到一定程度，不会冒险偷一根枕木的。当时的一根枕木，只能卖几块钱，他是卖枕木买粮吃的。所以，我挡着脸，就当没看见。"听完这个故事，我更看到了李德荣的善良，也更看到了李德荣的软弱。当然，也慨叹当时的人们，生活真是困难啊。

矿区的火，有多厉害？我 2020 年 5 月到太西煤集团古拉本矿参观，看到了灭火现场的一个小场面，看到的仅是工人们在努力熄灭燃烧到地面的那部分火。两辆十吨装的水槽车，四个水龙

头对着起火点不停地喷，水势稍小一点儿，火苗就蹿起来几米高。据说，喷水车要24小时不间断地喷水，才能不让火势变强和蔓延。

水能灭火，在矿区灭火的工作中，基本是一句无效的话。

矿井里灭火常用的方法就是用水灌、淹没。水灌满了，火没有了，可是，把水抽干想生产时，火又烧起来了。水只把表面的明火熄灭了，深处的火还在，随时蓄势待发，当遇到氧气时，立即死灰复燃。

用水灌、挖隔断、灌水泥浆、剥挖，所有的方法都使用过，火依然在燃烧。国家安全生产相关部门、煤炭部（现国家煤炭工业局）、各大高校科研组、专业的科研部门、地方三级政府，都想尽了办法，火还是不能彻底灭掉。

这火，根本不是烧在矿区里，而是烧在那些想灭火的人们的眉毛上。

2021年3月7日，我与太西煤集团常务副总经理张奭韬聊天，我问:“你在集团的主要工作是什么?”他说:“分管企管部和技术中心，但是，我的中心工作是灭火。”我继续问:“现在灭火的进展怎么样了?”他抬头望了望天，摇着头说:“嘿，彻底灭掉火是我们伟大的理想，但是，眼下控制火的蔓延是最实际的操作。”我问:“我们现在用什么方法灭火呢?”他答:“主要是剥挖。”问:“什么是剥挖?”答:“就是把起火的地方挖出去。”我说:“这种方法很好啊，是不是很快就可以把火点都挖出去了呢?”他笑着说:“如果是这么简单，哪能几百年都灭不掉这些火！今天看到的火点挖出去了，明天发现又出现新的火点了。火会打埋伏，不知道都藏在哪儿，把看到的火，灭了一批，好像看不到火了，用红外线扫描仪去测试，发现深处还有。只要井下有火，就不能进行开采生产。我大胆地猜想，估计1000米以下，甚至到1700米左右都有火。那么深的地方，用剥挖的方法就够不到了。岩石间有缝隙，氧气能进入到火层，火就很难灭掉。可是，又不能等着火烧上来再灭，所以，很难办。"他说完这几句时，表情有些沉重，眼睛又望向了天空。

唉！这该死不死的火，比人群中的奸佞小人还难对付。

我看到一份2012年王以廷先生向阿拉善盟委汇报工作的发言稿，其中有一段关于灭火的内容。

为了保护宝贵的太西煤资源，治理因火区燃烧而释放的大量二氧化碳造成的大气污染，我公司在国家和地方各级政府的大力支持下，承担了由于历史原因和人为因素形成的古拉本煤田火区灭火任务。从（20世纪）九十年代初到现在，我公司投入了大量的人、财、物力，对古拉本煤田进行了治理，取得显著成效。现就火区工程进展情况汇报如下：

1. 一期灭火工程从2002年至2007年10月底止，古拉本矿区灭火工程共完成投资8743.64万元，通过灭火工程的实施，火区面积由初期的96.32万平方米缩减为49.95万平方米，已熄灭46.37万平方米，加上新发的沟梁火区，火区燃烧总面积87.15万平方

米。其中，大岭火区9.74万平方米，太阳山火区26.85万平方米，炭窑沟火区13.33万平方米，那里沟梁火区37.23万平方米。一期灭火工作已经通过了国家验收。

2. 古拉本矿区二期灭火工程初步设计已得到自治区发改委的批复，依据批复精神，我公司按照浅部火源煤岩剥离、深部火源巷道灌浆的‘浅剥深灌’方案，加快施工进度。根据自治区发改委对古拉本煤田火区灭火工程（二期）初步设计的批复，该工程计划灭火工程总投资64661万元。

3. 在进行灭火治理的同时，坚持治理环境、恢复生态，走可持续发展的道路，积极组织实施植被恢复工作，截至2010年12月底用于植被恢复的黄土达19.5万立方米，种草种树恢复植被17.4万平方米，按照计划到2012年火区治理完成时，被破坏的植被全部达到恢复标准，实现资源保护和生态恢复双赢的目的。

4. 灭火施工难度逐步加大。火区成因及地质条件复杂，多为井硐火源引燃，从过去小煤窑开采深度以上至地表露头均有燃烧区或高温异常区。加之古拉本地区地势陡峭、岩石裸露、缺水少土、气候干旱，自然条件差，常规灭火材料缺乏，施工难度大，有效作业期短。煤田火灾燃烧机理决定灭火工程具有极强的时效性，没有连续性，中断灭火工程施工，将会使已发挥作用的灭火工程失效，造成工程反复。火区的动态变化，增加了灭火工程量，增大了灭火工程难度，又延长了灭火工期。目前火区范围虽然明显缩小，但仍然有明火存在，不符合煤田灭火规范第42条规定的火区熄灭标准，一旦强行回填治理，很可能前功尽弃。

这段汇报，说了成绩，也说了困难与担忧。我这个外行人看了，只有担忧。

这是2012年以前的情况，现在又过去十年了。灭火还在继续，生态恢复也同时在进行着。

2021年3月8日，我到太西煤集团兰山煤业公司走访，与兰山煤业公司的领导聊起了灭火的事。兰山公司的副总经理刘先生是专项负责指挥灭火的副总，他说："兰山煤业公司现在可以称作灭火公司，我们的主要精力和工作内容都是在灭火上。"我问："咱们公司有专业的灭火队伍吗？"刘先生说："有啊，没有哪儿能行呢。原来阿拉善盟成立了一个专业的灭火公司，开始时是我们协助灭火，后来，盟政府撤了，就把这个公司完全交给我们矿上了，现在已经是我们太西煤集团兰山公司的灭火队了，管理和作业都是我们来做，原灭火公司只是留下了一些人在我们这里，留下的人就是我们的人了，人事权也在我们公司了。原来盟管理这个灭火公司时，盟里有下拨的专项资金，这个灭火公司归我们后，就是我们集团投资了。"我问："每年大约需要多少资金？"刘先生说："太具体的数字，我说不清楚，大约要十个亿吧。"我接着问："有彻底灭掉火源的时间规划吗？""有啊。设计是2023年彻底灭掉。不过，就是担心井下深处还有火源。"说完，刘先生摇了摇头。我又问："这个井下的火，这么难灭吗？"他说："嘿，曾经有这么一

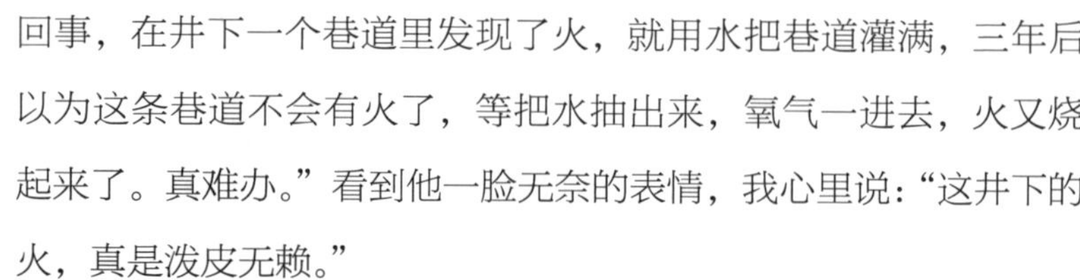

回事，在井下一个巷道里发现了火，就用水把巷道灌满，三年后以为这条巷道不会有火了，等把水抽出来，氧气一进去，火又烧起来了。真难办。”看到他一脸无奈的表情，我心里说：“这井下的火，真是泼皮无赖。”

他接着说：“不过，我们的努力也有成效，目前火域面积只有24万平方米了，还有11处火点，不再有新发现的火点，2023年能彻底灭掉。现在最担心的是地下1700～2000米的情况，真怕深处还有火啊。”我轻声地问：“井下灭火，有危险吗？”他答：“井下灭火非常危险，要有专业能力，还要很专心。井下灭火，要像搬鸡蛋一样小心。”听到这句，我笑了，刘先生也笑了。

我走出兰山煤业公司的办公楼时，已是中午，看到天很高，也很蓝，只是风有些凉。

我深吸一口气，又长长地吐出，然后自言自语：“火啊，你究竟是良善之辈，还是邪恶之徒！”

我又想起《西游记》，便对着天空说了一句：“铁扇公主，您的芭蕉扇能借太西煤集团用用吗？”

第八章

吾土吾民

在我看来，企业对公益慈善事业的支持、捐赠，不是富人对穷人的施舍，不是蹭社会热度的表演，而是一个企业终端价值的社会体现，也是一个企业的道德基础。民间有句俚语：善行是行天道，恶行是不地道。

我们是“吾土”之民，我们是“吾民”之一。爱“吾土吾民”，就是爱自己。

我在太西煤集团公司走访时，得到了太西煤集团公司对社会公益慈善事业慷慨捐赠的材料，我就沿着这些材料的线索继续追踪来龙去脉。当我基本掌握太西煤集团股份公司一些无偿捐赠社会公益和慈善事业的事迹后，不由得由衷地赞叹：这是个真正的大企业，是个有着强烈社会责任感的、品德高尚的企业。

在经济学的理论体系里，企业的社会角色就是尽可能获得最大利益。这个观点没错，但是，企业的利益是从何而来呢？社会的广大消费群体是企业利益的来源。利益从社会而来，那么，企业就一定要承担一定的社会责任，一定要让企业所发展的项目、建设的项目、生产的产品，能够有利于所在地政府及百姓的诉求，以便获得社会最大的认可。因此，企业与消费者及广大百姓要以心交心、以真情换真情。我们的祖先早就说过："老吾老以及人之老，幼吾幼以及人之幼。"一个人应该如此对待社会，企业也应该如此对待社会。

人要向善，企业也要向善。善的核心是爱，是博爱。博爱是对这个社会和百姓的爱。是有着强烈社会责任感的爱。

王以廷先生常挂在嘴边的话是："我是来阿拉善左旗报恩的。"这句话，无论听多少遍，我都会感动。我在交朋友上有三个准则，即三种人不与之交：对自己父母不好的人不交、咒骂生养自己故

乡的人不交、忘恩负义的人不交。

王以廷先生是个有情有义、知恩图报的人，是个忠孝两全的人，他领导的企业同样具有他的品格。

太西煤集团股份公司虽然是企业，却丝毫没有忽略一个企业对社会的责任。在社会学体系的认识里，任何一家企业都要承担社会责任，这个社会责任分为六个方面：

1. 对政府的责任：现代社会要求企业扮演好社会公民的角色，自觉按照政府有关法律法规的规定，合法经营、照章纳税，承担政府规定的其他责任和义务，并接受政府的监督和依法干预。

2. 对股东的责任：企业与股东的关系逐渐具有了企业与社会关系的性质，企业对股东的责任也具有了社会性。首先企业应严格遵守有关法律规定，对股东的资金安全和收益负责，力争给股东以丰厚的投资回报。其次企业有责任向股东提供真实、可靠的经营和投资方面的信息，不得欺骗投资者。

3. 对消费者的责任：企业与消费者是一对矛盾统一体。企业利润的最大化最终要借助于消费者的购买行为来实现。作为通过为消费者提供产品和服务来获取利润的组织，提供物美价廉、安全、舒适、耐用的商品和服务，满足消费者的物质和精神需求，是企业的天职，也是企业对消费者的社会责任。

4. 对员工的责任：企业对员工的责任属于内部利益相关者问题，企业必须以相当大的注意力来考虑雇员的地位、待遇和满足感，在全球化背景下，劳动者的权利问题得到了世界各国政府及各社会团体的普遍重视。

5. 对资源环境和可持续发展的责任：实践证明工业文明在给人类社会带来前所未有的繁荣的同时，也给我们赖以生存的自然环境造成了灾害性的影响。企业对自然环境的污染和消耗负有主要责任。企业应当承担起建立可持续发展的全球经济这个重任，进而利用这个历史性转型实现自身的发展。

6. 对社区的责任：企业是社会的组成部分，更是所在社区的组成部分，与所在社区建立和谐融洽的相互关系是企业的一项重要社会责任。企业对社区的责任就是回馈社区，比如为社区提供就业机会，为社区的公益事业提供慈善捐助等。

以上六项内容，太西煤集团股份公司做得都非常好。前面章节我都有过叙述，下面我想在这一章着重说说太西煤集团股份公司对公益慈善事业的支持。也就是看看他们是怎样履行社会责任的。

在我看来，企业对公益慈善事业的支持、捐赠，不是富人对穷人的施舍，不是蹭社会热度的表演，而是一个企业终端价值的社会体现，也是一个企业的道德基础。民间有句俚语：善行是行天道，恶行是不地道。

我先挑选几组数字列在这里：

2008 年 5 月，四川汶川发生地震，太西煤集团捐出救灾款 163 万元。

2010 年 4 月，青海玉树发生地震，太西煤集团捐出救灾款 100 万元。

2011 年 3 月，援助修建阿拉善定远营建设款 500 万元。

赞助地方民族那达慕等体育活动 400 万元。

自 2005 年以来，每年拿出 20 多万元，支持地方回族同胞的宗教事业。

自 2008 年以来向盟福利院捐助慰问金达 50 多万元。

向阿拉善盟青少年捐赠 8.22 万元科普书籍；每年开展“金秋助学”“博爱一日捐”等扶贫助学活动。

2020 年 10 月，与《诗探索》合办“华文青年诗人奖”，支持该奖项 120 万元。

我再陈述几件事：

2010 年，太西煤集团公司积极响应阿盟保障性安居工程建设政策，在阿拉善左旗扶贫办开发的巴彦浩特西片区“雨露花园”内投入 4200 多万元，建设 8 栋 200 户框架结构 80 平方米和 120 平方米户型的安置房，解决了 176 户太西煤集团老职工的住房问题。

2012 年 9 月，太西煤集团公司共投入 2600 万元，以人力、物力、财力支援黄河内蒙古段防凌防汛科泊尔滩应急分洪。派出钩机、挖掘车、推土机和 200 多精兵强将，利用 23 天完成无偿支援任务，竖起了分洪段的样板工程。

太西煤集团公司与吉兰泰镇洪古玉林嘎查、沙日布日都嘎查的 10 户贫困农牧户建立结对帮扶关系。由于当地草场禁牧，好多农牧民耕地少，生产资料严重匮乏，致使生活相当困难，对生活信心不足。公司经过入户调查后，与农牧民达成共识，帮扶他们开展舍饲养殖项目，建设棚圈，购买公畜、饲草料加工粉碎设备，购进了化肥、种子及饲草料。帮扶贫困户架设高压电输电线路。捐助舍饲项目启动资金每户3万元，积极为贫困户寻找最适合的致富新路子。经过集团公司的帮助，帮扶贫困户的生活有了大变样，新装修了房子，买上了家用小轿车，有的贫困户还学习了电焊技术，自己开了电焊铺，他们重拾了生活的信心，日子过得红红火火。公司还出资帮助洪古玉林嘎查打井，解决了嘎查的农田灌溉和人畜饮水困难；为沙日布日都嘎查购置价值7万元的地磅解决了玉米、油葵过秤问题，仅此一项每年为嘎查节约资金20多万元。自2006年以来，太西煤集团公司累计投入60多万元帮扶贫困嘎查及贫困户脱贫致富。

太西煤集团公司在向贫困农牧户送资金、送技术的同时，还开展“企村文明共建”等活动。在嘎查组织开展了“企村共建”文明单位暨“太西煤”杯“新牧民”评选表彰活动，让农牧民朋友在社会主义新农村建设中富“二袋”：通过扶贫帮困，富他们的“口袋”；开展精神文明建设，富他们的“脑袋”。激励嘎查农牧民讲文明、树新风，做精神文明的表率，学科学、用科学，做勤劳致富的标兵；组织嘎查农牧民学习观摩，了解农牧业集约化经营、产业化发展的模式；到集团公司工业园区参观考察，感受现代企业的发展成果和文化气息，体会文化和精神文明建设的强大力量；积极解决地方困难农牧民就业300多人；组织农牧民参观巴彦浩

特城市建设成就；与农牧民朋友进行了座谈和联欢，悉心听取农牧民朋友的所思、所想、所盼，鼓励他们树立克服困难、加快发展的信心和决心，积极为农牧民开辟更多更好的致富途径。

2013 年 7 月，太西煤集团公司出资 3500 万元援建阿拉善盟蒙医医院综合业务大楼工程，彰显了民营企业支持民族医药医学发展、造福边疆少数民族、丰富人民群众文化生活的赤诚胸怀。

讲一个小故事：

2012 年 3 月，太西煤集团公司党委书记王海霞坐在车上听收音机的广播，突然听到一则救援的消息。在阿拉善左旗巴润别立镇塔塔水嘎查，有一位三岁的小男孩患有右眼视网膜母细胞瘤，病情危险，家里救治孩子的医疗费紧张，便通过新闻媒体向社会求救。右眼视网膜母细胞瘤是一种恶性肿瘤，早期治疗或许可以挽救生命。王海霞听了心头一震，决定向这个孩子伸出援手。王海霞是太西煤集团公司的党委书记，也是一位母亲。她回到办公室立刻组织捐款，第二天就把 13.72 万元善款送到孩子的父母手里。

王海霞用行动彰显了太西煤集团公司社会正能量的形象，彰显了党委书记关心群众疾苦的温暖形象，更放大了一位母亲的高贵形象。

看一篇新闻报道：

长城网邯郸（2013 年）1 月 10 日电（韩骁　高乾鹄）数九寒天，情意浓浓。在邯郸市积极应对漳河水质污染事件的关键时刻，内蒙古太西煤集团及时伸出援助之手，无偿捐赠邯郸市治理水污染的重要物资活性炭。昨夜10时30分，从内蒙古阿拉善盟发出的首批200吨活性炭千里迢迢运抵邯郸。

在简短的交接仪式上，邯郸市政府副市长王进江代表市委、市政府及全市人民，对内蒙古太西煤集团这种无私奉献、无偿支援的大爱精神，这种致力于环保事业的正义之举，这种企业的社会责任意识表示衷心的感谢。也感谢中华环保联合会的牵线搭桥。他表示，我们要以此为动力，全力以赴做好漳河水质污染处置工作，营造邯郸市青山绿水，让邯郸市人民喝上安全水、放心水。

内蒙古太西煤集团古太能源环保科技有限公司副董事长刘月强告诉记者，远在澳大利亚考察的集团董事长王以廷多次打电话安排捐助事宜，并表示如有需要企业将再支援。集团总裁王海霞连续召开两次紧急会议，组织生产和装运。为保证邯郸市的需求，集团临时决定把江苏、黑龙江大庆以及美国的订单全部暂停。

据内蒙古太西煤集团押车工作人员介绍，他们1月8日凌晨出发，星夜兼程，穿越了贺兰山脉、吕梁山脉，行程1600公里，克服了堵车和冰雪困境，确保这批物资尽早送到。

据邯郸市水利局工作人员介绍，此批物资将连夜送至位于浊漳河山西入邯境段及岳城水库上游处，在此筑两道活性炭坝拦河。

日前，河北邯郸市政府决定在岳城水库入水口上游漳河建立拦水坝，防止受苯胺污染的水体进入岳城水库库区，并采取措施对拦水坝上游受污水体进行分流净化处理。根据8日对岳城水库

最新水质监测结果显示，岳城水库内水质基本达标，但漳河进入岳城水库的河道内检出苯胺超国家标准5倍。

最后，总结一句：

太西煤集团公司积极支持地方各项事业，赈灾、扶贫助困，社会福利及文化教育事业，2008年以来太西煤集团公司已累计向社会捐款捐物达1.5亿余元。

任何企业盈利的目的，都应该是推动社会文明的发展。离开了社会的认可，孤家寡人的企业，金钱也许是惹火烧身的引信。

金钱可能会带来富裕的生活，但是，不可能带来高尚的品德。高尚的品德是自身具有的情怀与境界，是在社会活动中树立起来并被广泛认可的形象。我负责任地说："太西煤集团公司的形象是高大的，是深受社会认可的。太西煤集团公司董事长王以廷先生及太西煤集团的主要领导的形象是被广泛接受与爱戴的。"

我们来看看，这些年王以廷先生都获得了哪些荣誉：

2005年4月，董事长王以廷荣获"第二届内蒙古自治区创业企业家"称号。

2005年4月，董事长王以廷荣获"自治区劳动模范"荣誉称号。

2007年4月，董事长王以廷荣获中华全国总工会授予的"全国五一劳动奖章"。

2007年7月，董事长王以廷荣获"内蒙古民营经济杰出贡献人物”称号。

2008 年 6 月，董事长王以廷荣获“第四届中国十大教导型企业家”荣誉称号。

2009 年 2 月，董事长王以廷荣获“抗震救灾先进个人”荣誉称号。

2010 年 4 月，董事长王以廷荣获“全国劳动模范”荣誉称号。

2010 年 10 月，董事长王以廷当选全区理事会副会长。

2011 年 4 月，董事长王以廷荣获“环境保护优秀企业家”荣誉称号。

董事长王以廷荣获 2010 年度“内蒙古自治区诚信人物”称号。

董事长王以廷荣获 2010 年度“全国环境保护卓越企业家”称号。

2019 年 10 月，董事长王以廷获得“庆祝中华人民共和国成立 70 周年”纪念章。

再看看太西煤集团公司获得了哪些荣誉：

2005 年，内蒙古太西煤集团公司岩石粉磨制剂系统在古拉本煤田防灭火工程中的应用荣获“自治区科学技术三等奖”。

2006 年 10 月，内蒙古太西煤集团公司超低灰精煤制备工程荣获“自治区科学技术三等奖”。

2006 年 12 月，内蒙古太西煤集团兴泰煤化公司被内蒙古自治区政府授予“超低灰精煤制备工程科学技术三等奖”。

2007 年 9 月，内蒙古太西煤集团公司荣获“全国煤炭工业先

进集体”荣誉称号。

2011 年 12 月 6 日，内蒙古太西煤集团被授予“全国就业与社会保障先进民营企业”荣誉称号。

2012 年 4 月，内蒙古太西煤集团被中国环保联合会授予“节能与循环经济示范企业”称号。

2012 年 4 月，内蒙古太西煤集团公司被内蒙古自治区协调劳动关系三方会议评为“全区模范劳动关系和谐单位”。

2012—2020 年，内蒙古太西煤集团公司均进入内蒙古民营企业 100 强。

2012 年 8 月，内蒙古太西煤集团公司被中国企业教育百强组委会授予“第八届中国企业教育百强企业单位”荣誉称号。

2012 年 8 月，内蒙古太西煤集团公司位列全国民营企业 500 强第 425 位。

2013 年 4 月，内蒙古太西煤集团公司获评全区就业先进单位。

2013 年 6 月，内蒙古太西煤集团公司荣获“全区履行社会责任先进企业”称号。

2013 年 6 月，内蒙古太西煤集团公司被中国质量协会授予“2013 年度质量守信企业”荣誉称号。

2013 年 9 月，内蒙古太西煤集团公司在中国煤炭工业协会评选的煤炭企业 100 强中位列第 56 位。

2013 年 11 月，内蒙古太西煤集团公司被内蒙古自治区质量技术监督局授予“2013 年全国‘质量月’产品质量满意单位”荣誉称号。

2013 年 12 月，内蒙古太西煤集团公司被中国产品质量协会授予“产品质量信得过企业”荣誉称号。

2014 年 8 月，内蒙古太西煤集团公司获评 2014 年度中国煤炭工业百强企业。

2014 年 11 月 17 日，内蒙古太西煤集团公司收藏的整块巨型无烟煤荣获“世界最大整块无烟煤纪录证书”。

2014 年 11 月，内蒙古太西煤集团公司获评内蒙古 2014 年“质量月”活动用户满意度调查（产品类）用户满意单位。

2014 年 12 月，内蒙古太西煤集团公司被自治区人力资源和社会保障厅授予“内蒙古自治区高校毕业生就业见习实习示范单位”称号。

2014 年，内蒙古太西煤集团公司煤基活性炭项目获中共内蒙古自治区委员会组织部颁发的“‘草原英才’工程内蒙古自治区长夜创新人才团队”荣誉称号。

内蒙古太西煤集团公司获得 2014 年度、2015 年度 21315 国家级征信企业证书。

内蒙古太西煤集团“兰山牌”无烟煤、煤基活性炭获评自治区名牌产品。

2016 年，被内蒙古光彩事业促进会授予“内蒙古光彩事业示范单位”称号。

这些荣誉不是抽签抽来的，更不是抓阄抓来的，是太西煤集

团公司一步一个脚印走出来的。太西煤集团公司从过去走到今天，从今天接着走向未来，我相信，在未来的路上，还会有更多的荣誉等着他们。

华夏大地诞生了我们多民族的同胞，诞生了中华民族的文化，这种文化的感召力就是源于友爱、仁义，助人为乐，与人为善。这种传统的美德是保障中华民族文化从历史走向未来的根基。

我们是“吾土”之民，我们是“吾民”之一。爱“吾土吾民”，就是爱自己。

第九章 众口铸金

我看到了这么多人在赞颂太西煤集团公司，是不是众口一词地认为：太西煤集团公司就是一块密度高、柔软、光亮、抗腐蚀、延展性好的黄金呢。

企业在整体形象上、精神文化上，被誉为黄金，真比囤积着几吨黄金价值高。

我在太西煤集团公司走访的时候，太西煤集团党委副书记张玉清女士送给我几本书，并说："商老师，这里边有各地记者写我们太西煤集团事迹的，更多的是我们集团职工写的。您看看，也许有用。"我和书打了半辈子交道，对书很挑剔。我的座右铭是：读好书，交好友，喝好酒。但是，张书记已经把书送到我面前，不拿就不礼貌了。

出于对文字的尊重，我还是把这些书翻开了，读进去了。认真地说，有些文章写得很不错。有真情，有实感，有顿悟，有感性的体温，有理性的飞升。不是花拳绣腿、无病呻吟，不是空喊口号、满纸荒唐文。

我首先翻开的是《你在为谁工作》的读书心得。

《你在为谁工作》这本书刚出版的时候，有朋友和我讲起过，我也找来一本看了，说实话，我对这本书的评价并不高，不就是在鸡汤里加了几片党参吗。而且还是《谁动了你的奶酪》的近似版。当然，我很主观，而且甚于我的工作和读书破万卷的经历，这样评价这本书，并不为过。但是，一个民营企业鼓励员工读这本书，而且还要鼓励员工写读书笔记，就不简单了。因为这本书并不是号召工人在企业里当顺民，而是提出"我们在为他人工作的同时，也在为自己工作"的观点，激励工人在企业里要尽可能

地放大自己，大有“反封建，反官僚”的意味。

太西煤集团公司的大部分员工在这本书中找到了自己，找了自己的价值观。我选两篇吧。

感恩之心点燃工作热情

杜永明

2003年10月下旬，因企业破产，我离开了工作23年的国企，成了一个无“家”可归的人。那里留下了我太多的回忆，留下了我的青春年华，留下了我的激情和汗水，留下了我成长的每一个脚印，原国企成了我的伤心之地。尽管有太多的留恋让我依依不舍，我也无法再回到“她”的怀抱。彷徨苦闷的我，为了全家人的生活，应聘来到乌斯太焦化公司上班，转眼已六个年头了。回顾这六年的工作历程，我感触颇深。我从一个普通的车工到现在中层管理者，公司给予我发展的平台，让敬业爱岗的我始终保持着一种激昂的工作态度和热情。不能否认，在累的时候、遇到挫折的时候，我也彷徨过、疑惑过，直到公司开展读《你在为谁工作》读书活动。读完这本书，我彻底明白了自己工作的动力，更加坚定了自己的工作原则和信念。

参加工作30余年，从国企学徒一个月几十元钱到如今开始拿年薪，社会在不断前进，人们的物质生活水平也是水涨船高，为了适应不断变化的社会环境和物质需求，我一直很认真、很拼命的工作。同时也亲身体验和目睹了企业倒闭后对普通工人家庭在物质和精神上的强烈冲击。这些让我深刻地认识到企业是我们赖以生存的根本，是保障我们幸福生活的根本所在，失去工作等于失去了一切。有人说“现在企业多如牛毛，这家不行换那家”，可你是否明白，每次都要从头做起！而一个人在有生之年又能有几个从头做起？还有很多人这山望着那山高。我想说，对待自己的企业首先要忠诚！扪心自问，在你走投无路时，企业收留了你，而你见异思迁，只把目光放在寻找薪水更高、待遇更好的企业上，难道你对曾经工作过、付出过的公司没有一点留恋吗？这样做对得起曾经接纳你、培养你的公司吗？我认为这种把毕生精力花在跳槽工作上的人，最终只能被社会淘汰！为什么不把精力花在自己目前的工作中来呢！我奉劝大家改变自己的思想，好好珍惜现有的工作和机会吧！公司给我们如此好的平台，只要怀着忠诚的、感激的心努力工作，你为之奋斗的公司一定会让你得到你想要的一切。

进入公司，从项目基础建设到公司全面正常运作，我一直看好公司的未来和发展前景。2008 年 9 月份全球金融危机，各种企业都受到了不同程度的冲击，周边好多企业相继减产、减员、减薪，而我们乌斯太焦化公司，在太西煤集团公司的正确领导下，发扬“团结务实，求实创新”的精神，战胜了金融危机带来的负面影响，不但没有类似现象发生，反而正常生产，工资照发，员工思想极为稳定，并且在年底还多发了 1000 多万元的奖金，有力地展现了公司的经济实力和正确的发展方向！

公司照顾我的家庭情况，给我的爱人安排了工作，儿子毕业

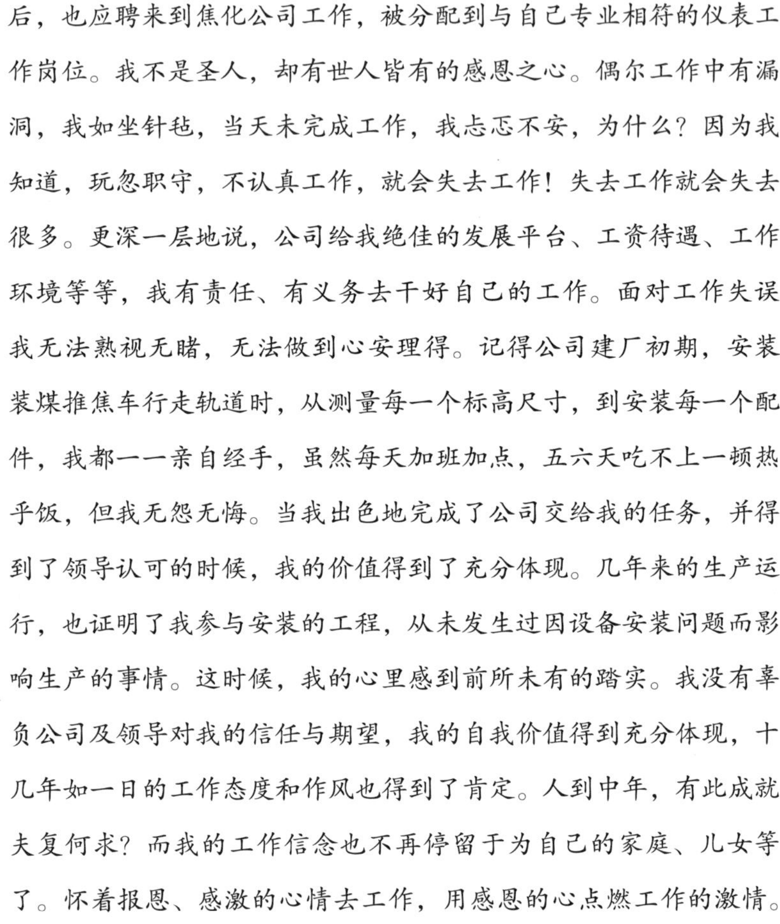

后，也应聘来到焦化公司工作，被分配到与自己专业相符的仪表工作岗位。我不是圣人，却有世人皆有的感恩之心。偶尔工作中有漏洞，我如坐针毡，当天未完成工作，我忐忑不安，为什么？因为我知道，玩忽职守，不认真工作，就会失去工作！失去工作就会失去很多。更深一层地说，公司给我绝佳的发展平台、工资待遇、工作环境等等，我有责任、有义务去干好自己的工作。面对工作失误我无法熟视无睹，无法做到心安理得。记得公司建厂初期，安装装煤推焦车行走轨道时，从测量每一个标高尺寸，到安装每一个配件，我都一一亲自经手，虽然每天加班加点，五六天吃不上一顿热乎饭，但我无怨无悔。当我出色地完成了公司交给我的任务，并得到了领导认可的时候，我的价值得到了充分体现。几年来的生产运行，也证明了我参与安装的工程，从未发生过因设备安装问题而影响生产的事情。这时候，我的心里感到前所未有的踏实。我没有辜负公司及领导对我的信任与期望，我的自我价值得到充分体现，十几年如一日的工作态度和作风也得到了肯定。人到中年，有此成就夫复何求？而我的工作信念也不再停留于为自己的家庭、儿女等了。怀着报恩、感激的心情去工作，用感恩的心点燃工作的激情。如果你也有此觉悟，相信时间不长，成功同样会降临到你的身上。

“光芒最亮的珍珠总是被摆在最高的位置，总是会得到最好的呵护。”不要因为目前的工作情况不如意就破罐子破摔，珍惜把握公司给予你的优越条件，好好地利用，在公司这个良好的工作环境中努力工作吧！

同仁们，公司的发展就是我们的未来，让我们在公司创造的这个良好的工作环境和平台上，带着感激之情努力工作吧！

我在看这篇小文章的时候，没觉得有多长，抄写的时候才觉得有点长了。其实是有些话和意思重复得太多了，不过，也足以说明作者激动、真诚的心情。我是原文抄录，只是把几个被作者放错地方的标点符号挪到了正确的位置。

这不是一篇具有流行潜质的美文，这是一篇发自肺腑的大实话。天下最有力量的语言，就是大实话。

我们再看一篇小文章，不过，我要节选全文的一段。

我在为自己工作（节选）

王凤英

光阴似箭，岁月如梭。一转眼，我在太西煤集团这个温暖的大家庭度过了整整二十个春秋。二十年来，从一名普通员工成长为现在的中层管理人员，目睹了集团公司发生的翻天覆地的变化，集团公司在社会上的知名度节节攀升，得到了越来越多的人认可。

集团公司在发展，我能做些什么呢？作为太西煤集团一名老员工，从一个刚踏出校门的年轻人对企业的憧憬，到煤炭行业处于低迷时期对公司前景的迷茫，（以及）不知所措的深厚感情，一步步走来，虽然没有耀眼的工作业绩，但我一直是勤奋地去做每一份工作，勇敢地面对工作中的挑战和机遇。集团公司的成绩来

之不易，它是集团公司领导英明决策的成果，更是全体员工在领导班子带领下，敬业、忠诚、团结拼搏的结晶。而我多年来坚持不懈，也力求在自己的岗位上为公司的发展添一份力。公司的命运，与我息息相关，看到集团公司迅速发展的良好态势，作为公司的一员，由衷地为自己是“太西人”感到无比自豪。

俗话说，大树底下好乘凉。当今社会，谁不需要一份稳定的收入？谁不需要一份待遇优厚的工作？老了干不动了谁不需要人养活？而太西煤这个大家庭，就像一棵供员工们乘凉的大树，荫庇四邻，给了员工们生活的保障。

此文我就节录这么多吧，其余的部分，和上一篇文章的内容、意思差不多。

不得不说，我做了 30 年的文学编辑，看到这样不弄玄虚、不喊口号、不求绚丽的文章的机会并不是很多。写文章，就是把自己要表达的心思，不加掩饰地表达出来，只要有效，就是好文章。当然，朴实、真诚的文字，有时也会遭遇艺术手段和语法修辞的挑剔。

有一篇小文章，讲了一个小故事，我一定要讲给读者听。

一个西北汉子的执着（节选）

崔健

就在今年 2 月份我公司焦煤销售特别好，当时煤场没有存煤，每天晚上回来的煤第二天中午就全部装上外调车辆发往全国各地了，所以，每天滞留的车辆多达一百多辆。

我记得那是一个星期天的上午11点左右，有一辆蒙L牌照的车刚排到门口，煤场里一点煤也没有了。这时，一个四十岁左右的西北汉子匆匆跑过来，对我说："领导，能不能想办法给我装一车，我的车坏了两天了，今天再装不上，又得等两天。"我说："师傅，实在没办法，场子里一点煤都没有了，不行你去别的单位装吧。"他却用非常坚定的口气说："不去！就是再等两天，我也愿意在这里装车。"我听完他的话心里非常感动，我说："师傅，就凭你这句话，我后天保证让你装上煤。"

就这样，我也没多想这件事。一直到星期二早晨8点，我们又开始装车，这时，那个司机又跑过来，他满脸满手都黑乎乎的，我都差点没认出来，他说："领导，我的车油箱冻了，从早晨5点多到现在也没烤着。"我说："别着急，我们来帮你。"他急得快要哭出声了，说："今天再装不上，我又得等一天。"我安慰他说："你放心，我就是留也给你留一车煤，绝对让你今天装上。"当时门卫也过来了，我们帮他捡了一些草席子，可是车还是不着，司机这下更急了，跳上车把一床油乎乎的被子抱了下来，一把就放到火上，我们拦都没拦住，也许是这一举动感动了老天爷，车子这下发动着了。这时，这个四十多岁的汉子像小孩一样又蹦又跳的。我心里也非常高兴，目送着他的车进了场区。

大概10点多，他的车装上煤出来了，来门口对我说："谢谢

了，拉了两年煤，还没有享受过这种待遇。”我问他：“你前天为什么不去别的单位，非要在这等两天？”他很激动地说：“在这装煤，只不过是耽误点时间，受了点罪，去别的单位装煤，有受不完的气。”这就是西北汉子的性格，宁可受罪，也不受气。

这是多么朴实的话，“宁可受罪，决不受气”。也正是这样一句普普通通的话，说明我们公司在司机朋友和社会中有很好的声誉。

故事很简单，却很能说明问题。一个企业，不是做一件两件好事就能被认可的。企业的好声誉，需要一种持之以恒的企业精神来实现。企业的好声誉也是企业里每个员工的好声誉。

我们总在谈论企业的知名度，但是，当下许多有知名度的企业真真假假、虚虚实实，有些是用爆炒的方式炒热的，热得快，凉得也快。感冒发烧无须用药，几杯白开水就冲走了。真正的好企业，是对历史负责的，对当下负责的，对正在工作的员工负责的，对社会的文明发展有贡献的。没有对社会文明进步做出贡献的企业，可以定名为“诈骗犯”。

我手头有一份 2012 年 6 月 18 日《阿拉善日报》的复制品，其中有一篇说的是 9 名新闻记者观摩太西煤集团公司的事。我相信这 9 名记者不是太西煤集团公司请来唱赞歌的，因为，我看到文字中的含糖量并不高，感情的浓度却很稠。文字不多，我录在这里。

新闻媒体采风团赴太西煤集团公司采风

本报讯（记者王玉文　韩承泽）6月4日至9日，在内蒙古太西煤集团公司股份制改造10周年之际，由新华社、内蒙古日报社、内蒙古广播电台、阿拉善日报社、阿拉善广播电视台及盟文联、盟摄影家协会记者、文学艺术家一行9人组成的采风团，行程2700多公里，途经两省六地，进工地、访企业，对太西煤集团公司各分、子公司进行集中采访。

太西煤集团公司前身是阿拉善盟古拉本地区煤炭联合公司，始建于1986年，是我盟的骨干企业之一。1996年，企业由国有企业转为国有控股企业。经过一年多的筹划准备，1997年12月18日，内蒙古太西煤集团股份有限公司正式成立，成为我盟首家运作的股份有限公司。2002年，在盟委、行署的大力支持下，企业进行了第二次改制，国有股完全退出，使企业改制成民营股份制企业，完成了真正意义上的股份制改造。

在为期6天的采风活动中，采风团零距离了解该集团的发展状况。走进古拉本地区，了解了煤田火区灭火项目和棚户区改造进展情况。走进乌斯太焦化公司、金昌鑫华焦化公司和民勤实业公司，了解了太西煤集团以煤为主、循环发展、转化升值、突出效益的发展理念。深入金阿铁路建设一线、阿右旗常山实业公司、额济纳旗太豪物流园区，了解了太西煤集团在循环经济、物流等新产业领域的发展态势。在销售公司、太豪国际酒店等地，采风团则耳闻目睹了太西煤集团多元发展的一个个实例。

“真想不到，太西煤集团公司在金昌修了这么雄壮的一座铁路桥！”在甘肃金昌市，全长1565.8米的宁远堡大桥一“露脸儿”，便引发采风团成员抢拍。盟摄影家协会副主席纳仁用“非常震撼”来形容自己的感受，他说:“如此宏大的一座建筑物，还是来自家乡的企业修建的，令人自豪。”

在太豪物流园区，媒体记者看到，数台挖掘机挥舞着铁臂，将一车车“乌金”堆积成山。统一修建的宿舍内，中蒙司机友好共处。在太豪国际酒店后勤基地，农田、大棚构成的现代田园风光，让记者陶醉其中……

一路走来，太西煤集团公司的发展盛景令采风团成员赞叹不已。盟文联主席张继炼表示，采风团成员虽然都是阿拉善人，但对太西煤集团公司的发展情况了解得不多。在太西煤集团转制10周年之际，通过此次采风活动，大家见证了太西煤各分、子公司的辉煌成就，感受到了太西煤集团公司浓厚的企业文化气息，也为太西煤集团公司这些年的蓬勃发展深感自豪。采风团成员纷纷表示，将通过自己的努力，进一步展示太西煤集团公司团结、务实、进取、奉献的企业精神，使阿拉善的父老乡亲及区内外各界朋友们了解太西煤集团公司的发展现状，为太西煤集团公司打造“百年企业”增砖添瓦。

金的符号为Au，来自金的拉丁文名称（Aurum）。而Aurum来自Aurora一词，是“灿烂的黎明”的意思。金通称为黄金，是一种贵金属，很多世纪以来一直被用作货币、保值物，因为金的恒定性能是其他物质无法与之相比的。纯金是无味道的，因为它非常耐腐蚀。金是固体，密度高、柔软、光亮、抗腐蚀，是延展性最好的金属。

我不是金属专家，在这里介绍金这种物质，是觉得太西煤集团公司这些年来的所作所为，具有黄金的品质。我看到了这么多人在赞颂太西煤集团公司，是不是众口一词地认为：太西煤集团公司就是一块密度高、柔软、光亮、抗腐蚀、延展性好的黄金呢。

企业在整体形象上、精神文化上，被誉为黄金，真比囤积着几吨黄金价值高。

第十章

春绽新蕊

王海霞把这段经历讲述得很简单，在这简单的背后，肯定埋藏着巨大的艰辛。不愿意说出自己苦难的人，是心理十分强大的人。还有，人所经历的事情再多，值得记住的却不会太多。在生命的过程中，遭遇的事情越多，获得的人生经验就越丰富，而对遭遇过的苦难，敢于遗忘，就是一个大格局的人生。那些被铭记的事情，一定是对成长起到很大作用的发酵剂。

春天的到来，会让熬过寒冬的人站在和煦的风里、站在明媚的阳光下，伸一伸腰杆，舒展一下四肢，尽管在山阴处、北墙根还有一些未化尽的残雪。去年的冬天太冷了，几场雪下得都很大，让人们对春天有特别的期盼。

春天来了，老树发出新枝，新枝绽放花蕊。

2021 年年初，我和王以廷先生聊天时，他说："我的岁数大了，春天时，我就不再担任董事长了，让他们年轻人干吧。"我问："你会放心吗？"他犹豫了一下，说："其实，2012 年时，我就想退下来，但当时大环境和煤炭行业的情况很不好，我不能让他们年轻人刚上任就承担太多压力。现在情况好些了，我就退吧。让年轻人去干，把他们扶上马，再送一程吧。"

我听着王以廷先生说这些话时，一边为他能退下来休息高兴，也一边为他担心。太西煤集团公司是他一手创立并发展到今天这样壮大的，他怎么能不时时地牵挂？牵挂又不伸手，岂不是更揪心？更着急？好在，王以廷先生告诉我："我放心，这么多人呢。当初改制后，就我一个人，遇到大事，想找个可以商量的人都没有。"

劳累大半生的王以廷先生已经年逾七十，他老人家是该好好休息一下，好好享受一下天伦之乐和柔美的春光了。

每当和王以廷先生谈起他的子孙，他都喜形于色、兴高采烈。他说：“我的家孙和外孙合起来有八个，他们都很优秀。我的儿女们把孩子教育得非常好，这一点我很欣慰。”

一个人能历尽天下风霜，内心依旧保有温暖，脸上呈露着慈祥，眉宇间凝聚着坚韧，这是一种气度、襟怀和境界。

当然，我相信王以廷先生还有许多愿望没能实现，还有许多事情没能做完。佛说：天下事了犹未了，何妨不了了之。

2021 年 3 月 15—16 日，内蒙古太西煤集团公司第六届一次股东代表大会暨第七届一次职工代表、工会会员代表大会在巴彦浩特召开。王以廷董事长代表集团公司第五届董事会向大会作了工作报告。

3 月 16 日，太西煤集团公司股东代表大会选举产生了集团公司新一届董事会、监事会，选举产生了新任董事长、监事长；职代会和工代会选举产生了新一届工会委员会及下设机构。

一、第六届董事会成员

王以廷、王海霞、王敬华、张爽韬、黄朝军、彭福瑞、王俊。

王海霞被选举为董事长。

二、第六届监事会成员

李建章、李金兰、王海青。

李建章被选举为监事会主席。

工会的选举结果，报送阿拉善盟工会委员会审批，得到了阿拉善盟工会委员会的批复。批复原文如下：

阿拉善盟工会文件

阿工发〔2021〕27号

阿拉善盟工会关于同意太西煤集团股份有限公司工会委员会第七届“三委会”选举结果的批复

内蒙古太西煤集团股份有限公司：

你会《内蒙古太西煤集团股份有公司工会委员会关于第七届工会委员会“三委会”选举结果的报告》（内太煤工发〔2021〕4号）收悉，根据《中华人民共和国工会法》《中国工会章程》有关规定，经阿拉善盟工会第五次主席办公会研究，同意你会选举结果，即：

一、工会委员会（由9人组成）

主　席：郝　华

委　员：李有斌　李生民　于　智　袁会年　张　萍

　　　　董　清　李　萍　任海燕

二、经费审查委员会（由3人组成）

主　任：雷　平

委　员：高淑娟　马光明

三、女职工委员会（由3人组成）

主　任：任海燕

委　员：袁海燕　张小燕

本届“三委会”任期三年。

此复

阿拉善盟工会

2021年3月30日

以上这些名字，就是新一届太西煤集团股份有限公司的领导层，新的征程将由这些人带领全体职工奋勇向前。

太西煤集团公司“三代会”的选举结果，佐证了王以廷先生说的“把年轻人推上去，扶上马，送一程”，不是闲聊，是决定。

在选举结束后，王以廷先生做了一次很温馨的讲话，这是他作为老董事长的殷殷嘱托（以下为录音整理）：

同志们，刚才我们宣布了新一届的董事会董事长、副董事长、监事会主席和工会主席。在这里，对这次会议上新当选的各位负责人，对你们的当选表示热烈的祝贺。

不论企业体制怎么转换，我带领我们这支队伍已经走过了27年。按照原来我的主导思想，我2012年的年底就要交班，因为人都是精力有限的。结果由于2012年下半年煤炭行业断崖式的下跌，行业处于窒息状态，我只能继续坚守。如果当时要交班，对年轻人没有出师就是一种打击。社会上，包括我们内部，都会有非议，那时候谁接上也是一塌糊涂，余震一直到现在。当时我就做出了继续坚持和坚守的决定，到现在已经又是九年了。

通过这九年，我们集团爬坡过坎，面对各方面形形色色的情况，我坚持到现在。我现在感觉到很庆幸。这几年是大改革、大变化的阶段，有些行业是飞速发展，有的行业在调整中发生了很多的情况，有的企业就从此消失了，比如说电视剧《温州一家人》演的就是这个情况，对于我们煤炭行业特别是内蒙古、宁夏、山西这些地方，确实是沉重的打击。十八大后在党的八项规定和四风建设的引导下，整个国家发展是飞速的，不论是航空航天、国防建设还是高铁、脱贫攻坚等方面。在这种新形势下，我们爬坡过坎跌跌爬爬走到了现在。不是说让大家谅解，而是告诉大家实际的情况。现在我们企业筑底回升，向上前行，但依然是问题很多，困难很大的局面。这种情况下，我就该交班了。现在困境中敢于交给新的继承人，说明我对新的董事长、新的董事会、新的班子是有信心的，而且是信心十足的，我感觉是这一生工作的最后效果。

我工作了五十多年，搞经营管理走了三四家企业，从国企到民企，四十多年了，现在年龄大了，超期服役已经71岁了。现在推荐新的接班人，我是非常高兴的，现在我是该交了，必须交了，也可以交了，因为年龄大了，身体不允许了，毛病很多，为了对企业的负责，对全体股东和全体员工的负责，对几万家属的负责，把这个重任交给年轻的一代，组成年轻的班子，在关键的时候脱困，以新的思想和精神，面对新的工作，对我而言，是一件高兴的事情。

同志们，不论我们股东还是员工，太西煤集团是大家共同的家。不论我在哪个位置上，我还是会一如既往为集团的发展、为各项工作的推进，贡献出更多的思考。同时要扶上马送一程。我相信我能做得到。我作为最大的股东，和广大的股东是一样的心情，一定会做好应该做的工作。虽然年龄大了，身体也有很多毛病，但还处于正常清醒的状态，能够帮助新的领导班子来工作。同时我相信他们对企业的热爱，对本职工作的热爱，我会把我的责任进行到底。我请大家牢记，不论企业在多大困难局面下，或者多辉煌的局面下，要始终保持清醒的头脑，做标兵企业，听党的话，按照党委政府要求做好工作，履行好自己的职责。

请新的班子政治站位一定要高，牢记我们是为社会创造财富，不是为自己这一点，我们分享了国家给企业的各项政策，同时党委、政府要求我们依法做事，依法治企，我们企业以后的发展过程中一定要遵章遵纪守法，在当地作出标杆和表率，不论社会上怎么讲怎么说，太西煤集团的阵脚不能乱。各位与会代表，不论过去是我带领你们，还是以后由新的董事会带领你们，我从带变成帮和看，我们一定要把太西煤集团优秀的企业文化传承好。过去我们遇到了方方面面的困难，如果不是我们的企业文化，不是高度负责的态度，不是对党忠诚，恐怕我们早就会出问题。在那么困难的情况下，我们还为国家上交了二三十亿元的利税，坚强地走到了现在，大家有共同的感受和成就。这支队伍我带的非常舒心。

现在，新的董事会、新的总经理班子带领我们全体员工，同时海霞还兼任党委书记，我衷心地希望，在权力交接的过程中，做好我们的工作，使得我们企业一步一个脚印向前发展。同时，对新的监事会提点希望。过去的监事会工作做的都很到位，新的监事会主席李建章同志在财务和审计方面是特长，一定要把监事会的工作落到实处。监事会不是配合董事会工作，而是落实好监事会的职责，要沉下去，要摸清、算清、看清、听清、理清，我们要做好企业，我们是拿着忠诚和忠于企业的态度，不是带着其他复杂思想工作的，广大员工都是理解的，这样才是帮助董事会。这就要研究工作，就要下功夫。

新的工会委员会要发挥好工会的重要工作，我们是实体企业，成千上万的工人，如何让工人心往一处想劲往一处使？这方面工会的作用非常之大，我希望工会主席不要坐在办公室，而要把好的经验带下去，把下面好的经验带上来，同时和各级政府层面工会一定要沟通联系好，我们要谦虚一点，在政府工会层面，对方有对方的想法，我们一定要谦虚地配合好，之前有什么短板，把我们的短板补齐。在我的任上你们做的不错，但是在新的一届班子上，你们应该做的更好，以实际行动帮助董事会做好工作。

我对新的董事会和董事长寄予厚望，祝愿你们敢打敢拼，充分依靠广大员工和股东，把我还没有做的事情，还没有做好的事情，补足补齐短板，做出成效，使得广大股东满意，祝贺你们！

我就讲到这里。

之后，第六届董事会新任董事长王海霞作了任职表态的发言：

尊敬的董事长、各位代表，大家下午好。首先非常感谢各位代表和各位董事对我的信任，刚才董事长的讲话让我的双肩更加沉甸甸的。我认为，人生最大的乐趣是不断攀登人生的高峰，跨越人生的沟壑，但最大的遗憾是无法超越事业的标杆。但是，我将这个无法超越的标杆作为我前进的动力，不断地修正和完善自己。

大家都知道，我们的董事长兢兢业业近30年，一人扛着万人的希望，步履蹒跚忍辱负重，却依然千磨万击更坚劲。带领我们从几千万元资产规模的小公司，发展为上百亿元资产的大企业。50年党龄的他，时刻将党的要求作为他做事的航标和信条，还时刻教导我们，超前不冒进，稳妥不滞后，规规矩矩做事，严守安全环保红线，认认真真谋发展，我认为这些是我们每一位太西人应该铭记在心的铁律。

作为新一任董事长，我将恪尽职守，牢记董事长的嘱托，发扬董事长的大格局，传承董事长做事的严谨、认真、高标准，带领新一届董事会严格遵守法律法规和公司章程，诚恳接受广大股东、全体员工和各位监事的监督，依法治企，科学管理，我们太西煤这艘大船需要每一位太西人共同行动。我相信，经受过考验和风雨的太西人，会越来越成熟、实干和团结。今年是“十四五”规划的开局之年，也是中国共产党的百年华诞，新一届董事会必将乘风破浪，在董事长和上一届董事会谋划好的战略蓝图上，继续谱写绚丽华章。谢谢！

新任董事长王海霞，只有40岁出头的年纪，在工作中，看上去是个爽朗、活泼、干脆、聪慧、睿智、犀利的女强人；其实，在生活中她是个热爱丈夫、孩子、美食、美服、美饰的贤妻良母。现在她挑起了太西煤集团股份公司董事长这么大的重担，可见，王以廷对她足够信任。

我对王以廷先生说：“您的心够狠的了，让这么年轻的海霞挑这么重的担子。您是把她当作花木兰吗？”王以廷先生说：“她可以，我相信她能做好。她在20多岁的时候，我就把她放到右旗的企业里当一把手，独当一面，她干得很好。现在，有这么多人帮助，没问题。”

王海霞1976年出生于甘肃省民勤县，两岁的时候来到阿拉善。从此开始在阿拉善生活和学习，初中毕业后，1994年考入宁夏财经学校学习财务，中专毕业后，被宁夏自治区商业储运公司录取，在财务室工作到1999年。

王海霞当时的梦想是将来做一名律师。于是，辞去工作，到天津南开大学法律系学习，两年后如期毕业，并拿到了奖学金。

毕业后，学校老师建议她继续留校专升本，但是，当时她因为身体出现了问题，无奈，遗憾地离开了学校，回到了阿拉善。身体康复后，就到太西煤集团公司工作。2003 年，太西煤集团公司在阿拉善右旗建设新的工业园区“常山实业公司”，王海霞被派去任总经理。

王海霞在说到这段经历时，略带着撒娇地说：“一个未经江湖历练的 27 岁小女子，便被老爹狠心地发配到了距离阿左旗 560 公里的地方。那可真是个朴实无华的戈壁圣地啊，常山实业工业园区 2004 年 3 月开工建设时，那里的大风整整刮了两个月，一天都不带休息的，天天吃着沙拌饭，工地上的管理者每天都从厚厚的沙被中爬起来。上天可能在考验我们吧。同年 10 月具备试生产的条件，当看到出来的第一包钢水时，我真的好激动。也就是那时，我边工作边读了内蒙古大学的法律本科，但是我的律师梦，也就只能是个梦了。”

可以想象，一个 27 岁的年轻女子，应该是每天想着怎么穿着打扮的时候，却要顶着风沙在工地上指挥生产，内心一定有很多委屈。但是，这种种的委屈她都承受住了，让工业园区的建设进展正常。

能承受住委屈，就是一个人成熟的标志。

在谈到她在阿拉善右旗常山实业公司及后来的经历时，她说：“2005 年是多难的一年，正当我们历尽艰辛要上电厂时阿拉善政府某领导被双规了，董事长也由此受牵连，36 天无消息。可是所有工作还得进行，资金却断了，当时作为子公司的负责人，我多次跑集团请求支援，却连一分钱的资金都申请不到，我说服总经理要将这个项目坚持下去，董事长肯定会回来，只要给少量资金，我想办法让生产电厂的建设正常，接下来的事情就好办了。但是，我在这 36 天多次往返左旗和右旗，无果，总经理没有信心。无奈我只好待在右旗和施工单位共同度过，当时，施工单位负责人非常理解我的困境，他从来不逼我要工程款，还帮我想办法。但是，后来当我们工作恢复正常了，他却离开了人间，我很痛心。后来董事长回来了，所有工作回归正常，可是，非常遗憾我们的大电厂（2×30 千瓦）由于错失了一个多月的有效工作时间，没有被通过，遭到取消，只能将备用电厂建起来，也就是现在的 2×5 千瓦的。

“2008 年右旗的一期项目都建设完成并正常生产，我被调回集团做审计总监，2010 年任总裁管理具体事务，在此期间在兰州大学读了两年的 EMBA，拿到了第一张硕士文凭。2014 年进入清华经管学院读 EMBA，两年后拿到了第二张硕士文凭。2019 年由于精力有限，辞去了总裁一职，做了专职党委书记。”

王海霞把这段经历讲述得很简单，在这简单的背后，肯定埋藏着巨大的艰辛。不愿意说出自己苦难的人，是心理十分强大的人。还有，人所经历的事情再多，值得记住的却不会太多。在生命的过程中，遭遇的事情越多，获得的人生经验就越丰富，而对遭遇过的苦难，敢于遗忘，就是一个大格局的人生。那些被铭记

的事情，一定是对成长起到很大作用的发酵剂。

王海霞在阿拉善右旗常山公司工作时，一直把一岁多的女儿带在身边，白天工作无论多苦多累，晚上和女儿玩一会儿，是解除烦恼和疲劳的最佳方式。她每逢休息或回左旗办事，都会带上女儿。“我的女儿在一岁多的时候就被我带在身边，因为，我不想由于工作而疏远和孩子的感情，所以经常自己开着丰田小花冠车，带着孩子在500多公里的三级小公路上来回奔波，小小的孩子担心我开车时困乏，就给我讲故事、唱歌，我们就一路故事一路歌，娘俩开心得很。”

一路欢歌，娘俩开心得很。这是王海霞要铭记的，是一个母亲终生难忘的。

“后来又有了兄弟几个，我只能利用周末和孩子们在一起，无论工作上有多大压力，我都不会将情绪带回家里，不会带给老公和孩子，因为我的父亲就是这么做的。和孩子们在一起的时间，我尽量不去想工作，专心陪着他们，当孩子们都睡着了，我的脑神经便进入了繁杂事务的麻团里。”

尽全力把自己美好的、快乐的一面送给孩子，让孩子们在温馨的家庭氛围里成长，在快乐的家庭里成长，这是一个母亲的伟大之处。

我看到《阿拉善日报》一篇文章，题目是《铁肩担重任　凝心铸辉煌——记自治区“草原英才”太西煤集团公司党委书记王海霞》。

现在我截取文章中称赞王海霞在常山实业公司时的一段文字：

辛勤耕耘　赢得绚丽人生

2003 年 7 月的阿右旗天异常酷热，地面泛着晃眼的白光，人看了有些眩晕。王海霞带着简单的行李踏上了这片热土，她创业之路的第一站——常山实业公司。建设初期的常山实业公司条件很艰苦，职工住的平板房，夏季像蒸笼，冬季似冰窖。在困难面前王海霞没有退缩，更没有搞特殊，毅然决然地和工人同甘共苦，她亲自跑完现场跑市场，每天忙得不亦乐乎。她深知“吃得苦中苦，方为人上人”的道理。创业也是一样，只有把辛劳当作一种资本，比别人在身心上付出得更多，才会取得更大的收获。6 年里挥汗如雨，6 年的辛勤努力，王海霞用大魄力和大智慧带领常山实业公司全体员工完成了常山工业园区一期项目全部建设，奇迹般地建成了一座资产达 12 亿元的循环经济产业园区。常山实业二期项目建成投产后，预计园区年销售收入将达到 20 亿元，实现利税 2 亿元。

机遇总是给有准备的人。由于王海霞工作成绩突出，拥有领导者的胆识和风范，她先后被任命为内蒙古太西煤集团股份有限公司审计总监和总裁，担负起更重的责任，开启了新的人生征程。一路走来，王海霞在成就他人、成就企业的同时也成就了自己。她先后被评为“第八届中国企业教育杰出人物”；当选为“中华儿女年度人物”“内蒙古自治区党代表”；荣获内蒙古自治区“全区

五一劳动奖章”“全区第八届职工职业道德建设标兵个人”“内蒙古经济年度人物”“草原英才”等诸多殊荣。

“你许给世界一个什么样的姿态，世界自然会还给你一个什么样的生活。”王海霞用这句话勉励自己。

我问王海霞：“想过要做个优秀的企业家吗？”她说：“没想过。但是，我要听话，要服从安排。

“在企业工作的过程中，每一步其实都在边学、边干、边总结，生怕做错了带来不好的影响，一直谨小慎微，所以，一度也有想逃离的想法。但每次看到父亲为事业奔波辛苦，也就打消了自己的消极思想，有时候因为工作上意见不统一，也和父亲有争论，当自己的意见不被采纳的时候，更觉得心里难受，就这样逐渐找到了和父亲共事的方法和让他能接受我意见的方法。说实话，我没想过做企业家，一直以来只有一个想法，就是我的存在让父亲少辛苦些足矣。”

好了，王海霞是个孝顺的女儿，只想为父亲分忧，无论做什么，心里想的都是父亲。

这不是花木兰吗？“愿为市鞍马，从此替爷征。”

任何形式的出征，都是一次独立的人生旅行，出发前可能是迷茫，走上大路就是成长，能够接受挑剔就是成熟，不为赞誉而得意忘形就是成功。

其实，对王海霞是否能把太西煤集团公司的事情做好，大家不必担心。王以廷先生是一位出色的企业家，他选择接班人的眼光也一定是出色的。他相信王海霞能做好，王海霞就一定会做好。

我们有理由相信，老树上的新枝，在新春时含苞的花蕊一定会绽放更清新的花朵。

后记

虹始见意

今天是 2021 年 4 月 2 日，距离中国传统的二十四节气中的清明还有两天。

余耀东先生在《中华传统文化经典——二十四节气》一书中说，中国古代将二十四节气中的清明分为三候——初候：桐始华；二候：田鼠化为鴑；三候：虹始见意。即在这个时节先是白桐花开放，接着喜阴的田鼠不见了，全回到了地下的洞中，然后是雨后的天空可以见到彩虹了。

其实，我更喜欢一句农业民谚：“春分后，清明前，满山杏花开不完。”

很多人一提到清明，就会想到“清明节”，想到杜牧的那首诗：“清明时节雨纷纷，路上行人欲断魂。借问酒家何处有，牧童遥指杏花村。”想到回忆、哀痛、哭泣与醉酒。但是，此时我心里想的不是“清明节”，而是“清明雨渐增，不日见彩虹”。对彩虹的期待，也是对美好未来的期待。

2021 年 3 月 9 日，我结束了在太西煤集团公司的走访，一大早，就乘车到了坐落在贺兰山深处的南寺（广宗寺）。南寺庞大的建筑群，像贺兰山一样稳稳地矗立着，这一天，风虽然不大，天气还是很凉。我走进大殿，偌大的殿里只有一位僧人在诵经，大概是时近中午，其他僧人在用斋饭。这位僧人端坐、专注，如在无人之境，或者说是在脱俗之境吧。我听不懂经文，但我读懂了这位僧人的心志。在自己的世界里，诵自己喜欢的经文，我就是我的佛。天下所有的成功，都是专注、专心、自信带来的。只要走对了路，肯用心，不成功的原因一定是自己的用功不到位。有道是：佛家问因，凡人问果。

从南寺出来，在一个三岔路口，有一个交通指示牌，一个箭头指向“古拉本”，一个箭头指向“银川”。我向古拉本方向看了一眼，车子就拐向了银川方向。

我对古拉本，或者和太西煤集团公司已经有了很深的感情，和王以廷先生有了很深的感情，所以，看到“古拉本”和“太西煤”的字样，都会情不自禁地多看几眼，会在心里想念一会儿。

我曾对自己说过：“50 岁以后不再交新朋友。”但是，遇到王以廷先生后，我改变了这种故步自封的想法。天下善良的人确实有很多，能多遇到几个都是一生之中幸福的事，为什么要拒绝呢。

杜甫在《客至》一诗中，有这样一句：“花径不曾缘客扫，蓬门今始为君开。”好吧，如有良善君子来访，我愿天天打扫花径。

浊酒三杯，清茶一壶。

我在 2020 年 10 月去太西煤集团公司古拉本煤矿参观时，一边参观，一边听王以廷先生介绍这些年煤矿遭遇的种种情况，回到宾馆后，我写了一首诗，是写给煤的、写给王以廷先生的，也是写给我自己的。

我是煤

——写在内蒙古太西煤集团古拉本矿区

一、

我在人世间的背面
保持了亿万年的沉默

地球有多冷我知道
地球有多热我也知道

地球原始的秘密
抵得住野蛮的钢铁

我不是地球的使者
我是人类的俘虏

我可以交出黑暗的身体
不会说出任何秘密

即使被烈火粉身
我交出的也是洁白的心

二、
我黑得干净
黑得忠贞
当我燃烧时
爱我的人
就会得到最红的玫瑰
猛烈地热爱之后
我会留下洁白的坦荡
那时
人们会惊讶地发现
我不是煤
是脱了水的白云

写这首诗，我是想告诉人们：煤，即使粉身碎骨，也不会吐出地下的秘密；即使被燃烧至灰烬，也会留给人间一身洁白。爱是洁白的，红火只是过程。

一个人和什么样的人成为朋友，自己的身上就一定有和朋友相同的品质与特性，至少是部分相似。所以有一句俗语：看你有什么样的朋友就知道你的为人。

我又想到了南寺的那位僧人，想到了王以廷先生，想到了我自身。

佛家有一句劝慰世人的话：“人的一生，你所发生的一切都是必然的，并且在你出生之前，你是看过这个剧本的。但是，你之所以还要选择这个身份，来到这个世界上，那么说明，一定是有值得的人或者事儿在等着你。”

今天早上的北京，下了一场雨，雨虽然不大，但是大地却展现出一片清新。我站在阳台上向窗外看，白色的花、粉色的花、黄色的花、红色的花、紫色的花都竞相开放，真是姹紫嫣红。再过些时日，再下一场大一些的雨，花开得会更繁盛、更绚烂。也许，那时空中就会出现夺目的彩虹。即是“一曲彩虹横界断，南山雷雨北山晴”。

其实，我对彩虹并没有太强烈的奢望，大半生过去了，并没有见到过几次彩虹。倒是希望能常常见到大山，见到雄壮与稳健。于是，我很羡慕王以廷、王海霞及太西煤集团公司的人们，他们抬头就是贺兰山。

2021 年 4 月 2 日于北京三余堂